MARTHA ELENA YAMASAKI LÓPEZ

TOFU

© 2004. Martha Elena Yamasaki López
© 2004. De esta edición, Editorial EDAF, S.L.

Editorial EDAF, S. L.
Jorge Juan, 30. 28001 Madrid
http://www.edaf.net
edaf@edaf.net

Ediciones-Distribuciones Antonio Fossati, S.A. de C.V.
c/ Sierra Nevada, 130 -Colonia Lomas de Chapultepec
C.P. 11000 México D.F.
edafmex@edaf.net

Edaf del Plata, S. A.
Chile, 2222
1227 - Buenos Aires, Argentina
edafdelplata@edaf.net

Edaf Antillas, Inc
Av. J. T. Piñero, 1594 - Caparra Terrace (00921-1413)
San Juan, Puerto Rico
edafantillas@edaf.net

Edaf Antillas
247 S.E. First Street
Miami, FL 33131
edafantillas@edaf.net

Edaf Chile, S.A.
Huérfanos, 1178 - Of. 506
Santiago - Chile
edafchile@edaf.net

3ª. edición, marzo 2007

Depósito legal: M. 14.225-2007
ISBN de la colección: 84-414-1248-0
ISBN: 84-414-1476-9

PRINTED IN SPAIN   IMPRESO EN ESPAÑA

Closas-Orcoyen, S.L. Paracuellos de Jarama (Madrid)

Índice

꧁꧂

I

Soja y alimentos a base de soja

L A soja es uno de los alimentos que en la última década han llamado cada vez más la atención, tanto del público en general como de la ciencia, por su alto valor nutritivo y sus propiedades en la prevención de enfermedades.

La soja es una leguminosa, cuyo nombre científico es *Glycine max,* que ha sido consumida por la humanidad desde hace más de 5.000 años. Se utilizó originalmente en China y Corea, desde donde se extendió a gran parte de Asia, después a Europa y América, convirtiéndose en parte de la comida cotidiana de nuestros días.

En el siglo VIII los misioneros budistas chinos llevaron la soja a Japón, donde se convirtió en un alimento básico. Actualmente, los alimentos derivados de la soja son muy aceptados por movimientos vegetarianos y naturistas, sea en productos tradicionales como tofu o «queso de soja», miso (pasta fermentada de soja y arroz u otro cereal), shoyu (salsa fermentada de soja), temphe (frijol de soja fermentado en forma de «pastel»), alimentos occidentales de soja como harina, texturizado, proteína concentrada y aceite, o bien como los de la llamada «tercera generación»: barras energé-

ticas, galletas, yogur, helados y productos de charcu-
tería.

1. Valor nutritivo de la soja

ALTO VALOR ENERGÉTICO: La soja, junto con
el altramuz, constituye la legumbre seca de mayor valor energético.

PROTEÍNA DE ALTA CALIDAD: Su elevado contenido en proteínas (37 %), superior a la de la carne, le
confiere su gran valor dietético y nutricional.

GRASAS «SANAS»: La soja tiene una gran cantidad de grasas (38 %). Sin embargo, posee un equilibrio
nutricional adecuado: ácidos grasos saturados (15 %),
monoinsaturados (24 %), poliinsaturados (61 %). Sus
grasas poliinsaturadas son una mezcla de los ácidos
esenciales Omega 3 y Omega 6. Adicionalmente contiene tocoferoles que actúan como antioxidantes naturales, además de las funciones de la vitamina E.

LECITINA: Después del huevo y el ajonjolí, es uno
de los alimentos más ricos en lecitina.

CARBOHIDRATOS: Contiene un promedio de 26 %.
La soja no contiene almidón, un polisacárido común-
mente presente en muchos cereales. Sus carbohidratos
son la sacarosa, la rafinosa y la estaquiosa.

MICRONUTRIENTES: En comparación con el resto
de las legumbres, la soja aporta mayor cantidad de calcio, hierro, yodo, magnesio, potasio y fósforo, además de
ácido fólico y otras vitaminas como B_1, B_2, B_3 y B_6.

FIBRA: La soja contribuye a prevenir y aliviar el estreñimiento, a hacer más lento el paso de los azúcares

a la sangre —pues regula la glucemia, lo que es bene-
ficioso para personas con diabetes— y reduce los niveles de colesterol en nuestro organismo.

2. Beneficios de la soja en la salud

Existen estudios que sugieren que una alimentación
regular basada en productos de soja reduce el colesterol, previene enfermedades cardiacas, ayuda en los
bochornos o sofocos de la menopausia, previene el
cáncer de seno y de próstata, ayuda a bajar de peso y
previene la osteoporosis.

Estos beneficios en la salud humana se atribuyen a
la característica única de la soja: su alto contenido en
isoflavonas, un tipo de estrógenos presentes en las
plantas.

Los datos publicados e investigaciones presentadas
en el «IV Simposio Internacional sobre el papel de la
soja en el tratamiento y prevención de enfermedades
crónicas», realizado en San Diego, California (4-7 no-
viembre 2001), muestran que el consumo de solo 10 g
de proteína de soja al día (consumo típico de los países
asiáticos) puede asociarse con los beneficios de las isoflavonas.

En los últimos años, los beneficios de la soja en la
salud han sido reconocidos en Estados Unidos por
agencias de salud, tanto gubernamentales como pri-
vadas.

En 1999, la FDA (Food and Drug Administration,
Administración de Alimentos y Medicamentos) avaló
las propiedades de la soja para reducir el colesterol y

aprobó (en aquellos productos que cumplieran con la norma) el uso de la leyenda: *25 gramos de proteína de soja al día, como parte de una dieta baja en grasas saturadas, puede reducir el riesgo de enfermedades cardiacas.*

En ese mismo año, el USDA (United States Departament of Agricultura, Secretaría de Agricultura de Estados Unidos), junto con la Universidad de Iowa, crea una base de datos en línea en la que muestra el contenido de isoflavonas en los alimentos.

Para el año 2000 la AHA (American Heart Association, Asociación Americana de Cardiología) recomienda que los pacientes con colesterol elevado incluyan alimentos con proteína de soja en sus dietas.

También en ese año, y como prueba de la alta calidad de la proteína de soja, el USDA autorizó el uso de proteína de soja y otras proteínas de alta calidad para reemplazar completamente a las proteínas de origen animal en el Programa Federal de Desayunos Escolares.

II

El tofu

E N Japón, la palabra tofu sirve para designar una familia de alimentos de soja compuesta básicamente por siete variedades distintas, aunque normalmente en Occidente se utiliza para identificar al tofu «regular», que es la variedad más simple, menos cara y más ampliamente conocida.

El tofu no tiene equivalente exacto en la cocina occidental y no concuerda con las denominaciones de «cuajada de soja» o «queso de soja» con que se le designa.

El tofu se hace a partir de los «coágulos» de la leche de soja, como los quesos se hacen de los «coágulos» de la leche de origen animal. Después de la separación de los coágulos y el suero, el fabricante de tofu vacía la mezcla en un molde cubierto con lienzos de tejido muy fino, tapándolos y colocando un peso encima durante algún tiempo. Mediante este proceso, el suero se elimina y los coágulos se adhieren adquiriendo cierta firmeza, formando el tofu, que tiene el color y la forma de un queso fresco.

De los tres grandes alimentos de soja orientales: tofu, miso y shoyu (salsa de soja), solo el tofu tiene una categoría asociada con su origen histórico.

Según las antiguas tradiciones y referencias chinas y japonesas, los métodos para preparar la leche de soja y el tofu fueron descubiertos por el erudito, filósofo, gobernante y político lord Liu An de la provincia de Huain-nan, alrededor del año 164 a. de C. Los historiadores creen que Liu An, en su intento de introducir alimentos nutritivos a la alimentación de los taoístas, cuajó la leche de soja con «nigari» o agua de mar, obteniendo un tofu de textura firme similar a la de tofu que se fabrica actualmente en China. Existen evidencias arqueológicas de la fabricación de tofu en China desde el año 220 d. de C.

El tofu llega a Japón en el siglo VIII, probablemente a través de los monjes budistas que viajaban constantemente entre los dos países. Durante el periodo de 1165 a 1333 hubo un movimiento a gran escala que hizo posible que el budismo japonés estuviera al alcance de la gente común, y en el periodo de 1136 a 1568 el tofu llegó a ser un alimento diario en todos los niveles sociales de Japón.

Conforme el tofu empezó a consumirse ampliamente en ese país, su carácter básico cambió gradualmente. En manos de los artesanos nativos el tofu se volvió más blando, más blanco y con un sabor más delicado comparado con el origen chino.

Cuando Ingen, maestro chino de zen, fue a Japón en 1662, quedó sorprendido de encontrar un tofu como el que nunca había visto en su país. Como elogio, compuso un poema, muy conocido hasta nuestros días, que tiene un doble significado: el carácter del tofu japonés y el del hombre que quiere pasar libre y pacíficamente a través de este mundo fugaz e ilusorio:

Hecho de soja,   *practicando la diligencia,*
cuadrado, cortado limpiamente   *siendo propio y honesto,*
y suave   *teniendo un corazón amable*

Aunque el tofu aparece mencionado por primera vez en un documento chino del año 965, no es sino hasta 1603 cuando aparece en un documento en una lengua europea (*Vocabulario da lingoa de Iapam...* [*Vocabulario del lenguaje de Japón*], recopilado por los jesuitas que vivieron en Nagasaki, Japón). El tofu se refiere como *Cabe, Tôfu* o *Taufu.*

Las propiedades nutricionales del tofu, así como su bajo costo económico y la manera tradicional de consumirlo, fueron descritas en 1665 en el libro *Una colección de viajes y recorridos,* de Domingo Fernández de Navarrete, misionero dominico en China.

A continuación algunos fragmentos:

> ... Mencionaré brevemente el alimento más común y barato de China y que es consumido desde el emperador hasta por el menor de los chinos... Se llama «Teu fu», pasta de soja... Se obtienen la leche de la soja y se hacen pasteles grandes, como quesos... La pasta es blanca como nieve... Se come crudo, pero más comúnmente se hierve y se sazona con hierbas u otras cosas como pescado. Solo es insípido, pero muy bueno aderezado, y excelente frito con mantequilla... Los chinos que se alimentan con «teu feu», hierbas y arroz no necesitan otro alimento para trabajar... El «teu feu» es una de las cosas más extraordinarias de China...

En Occidente se elabora y se comercializa el tofu por primera vez hacia 1878, en San Francisco, California, y en 1880 se hace en París, pero no a escala comercial.

La primera vez que aparece el tofu en una publicación científica de Estados Unidos fue en junio de 1896 en un artículo del *American Journal of Pharmacy (Revista Americana de Farmacia),* titulado «Literatura reciente sobre la soja», escrito por el farmacéutico Henry Trimble.

Actualmente, en el mercado de los Estados Unidos, los productos de soja, incluyendo al tofu, se han expandido a niveles insospechados hace 40 años.

En México, particularmente en el Distrito Federal, y desde antes de 1950, Yoshinori Yamasaki empezó a producir el tofu en la forma tradicional japonesa. Desde entonces, y hasta la cuarta generación de su familia, se ha comercializado bajo la marca «DAIZU».

LA ELABORACIÓN DE TOFU

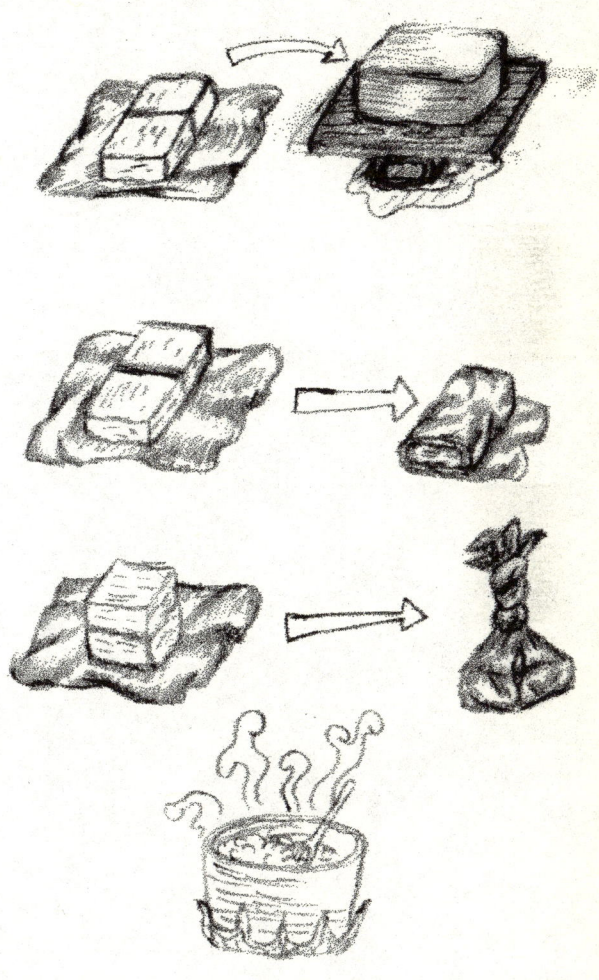

La dieta equilibrada

Todas las personas, durante toda la vida, comemos para satisfacer nuestras necesidades nutrimentales y mitigar nuestra hambre. Los alimentos son fuentes de vida y pueden constituir un placer, pero también pueden ser causa de enfermedades que afectan nuestro desempeño.

Existe una gran diferencia entre comer y alimentarse. Comer es consumir cualquier tipo de alimento. Alimentarse es consumir alimentos de calidad para nutrirse y tener una vida sana.

Los alimentos y platos que consumimos diariamente constituyen nuestra dieta y, para que esta sea correcta, debe proporcionarnos todas las sustancias nutritivas indispensables para vivir, crecer, desarrollarnos, movernos y mantenernos sanos.

La salud, de acuerdo con la OMS (Organización Mundial de la Salud), no es solo la ausencia de enfermedad o dolencia, es «un estado completo de bienestar físico, social y emocional. La salud es un recurso para la vida, no el objetivo de la vida».

Siendo cada uno de nosotros diferente, la dieta dependerá de nuestro género (femenino o masculino), nuestra

edad, nuestra actividad física y nuestro estado de salud,
y, en todos los casos, debe contener elementos que pro-
porcionen:

- *Hidratos de carbono:* Que dan energía para el mantenimiento del organismo y las actividades físicas.
- *Proteínas:* Que aportan los elementos necesarios
  para formar y reponer tejidos tales como la piel,
  músculos, sangre, enzimas, hormonas y anticuerpos.
- *Vitaminas y elementos inorgánicos (minerales):*
  Que participan como cofactores o coenzimas de
  todos los procesos enzimáticos del organismo y
  forman parte de huesos, cabello, dientes y uñas.
- *Grasas:* Que son el vehículo de vitaminas liposo-
  lubles. Los ácidos grasos son esenciales para el
  mantenimiento del sistema nervioso, membranas
  celulares, formación de hormonas y anticuerpos.
- *Fibra:* Que da sensación de saciedad, mejora la
  digestión, previene el estreñimiento, mantiene la
  flora intestinal y absorbe sustancias tóxicas y colesterol. Además, ayuda a regular la velocidad de
  absorción de glucosa.
- *Agua:* Que estabiliza la temperatura corporal,
  participa en todas las reacciones metabólicas, in-
  terviene en la digestión, absorción y distribución
  de los nutrientes y en el desecho de sustancias no
  digeridas y toxinas.

Guías de alimentación

Como un esfuerzo para enseñarnos qué alimentos y qué cantidades de ellos debemos incluir en nuestra dieta se han creado modelos didácticos en diferentes países.

A) EL PLATO DEL BIEN COMER

En México se ha adoptado el «Plato del Bien Comer» como guía para llevar una dieta equilibrada. Este permite tomar conciencia de las desviaciones que pueden tener nuestros hábitos alimenticios. Permite, además, escoger día a día los alimentos de cada uno de los grupos propuestos.

La figura del «Plato del Bien Comer» incluye tres grupos de alimentos:

a) Cereales y tubérculos

Constituyen la base de la alimentación y representan la principal fuente de energía, vitaminas E, B_1, B_6, hierro, fósforo y fibra.

Las féculas deben estar presentes en cada comida, en forma de pan, pastas, papas, arroz u otros cereales, prefiriendo siempre los cereales integrales. El volumen de las porciones aumenta según la frecuencia y la intensidad de la actividad física personal.

Con este grupo de alimentos, los deportistas reconstituyen sus reservas energéticas, mientras que los diabéticos encuentran una fuente de hidratos de carbono de asimilación lenta.

Valor nutricional: Energía, proteínas, vitamina B.

b) Leguminosas y alimentos de origen animal

Las leguminosas aportan proteínas y fibra. Se complementan con el grupo de cereales, al ser una de las fuentes de hierro, cinc y vitaminas, principalmente B_2, B_6 y B_{12}.

Es importante de combinar cereales con leguminosas en el mismo tiempo de comida, ya que esta asociación puede sustituir el consumo de alimentos de origen animal como fuente de proteínas; además, estas tienen la ventaja de no contener grasas saturadas, colesterol ni las sustancias tóxicas producto del metabolismo animal.

Los alimentos de origen animal, como la leche y los lácteos, son ricos en calcio e indispensables para el desarrollo de un esqueleto sólido que podemos ayudar con la práctica de alguna actividad física.

Huevos, carnes, pescados son indispensables, pero no en exceso. Ricos en proteínas, es preferible consumir las carnes blancas sobre las rojas. Son muy convenientes en porciones magras. Restringir el consumo de carnes ahumadas y curadas con nitritos y nitratos como jamones y embutidos.

Para mantener un organismo saludable debemos moderar el consumo de alimentos de origen animal por su alto contenido de colesterol y grasas saturadas.

Valor nutricional: Proteínas, calcio, vitaminas A, D y del complejo B.

c) Verduras y frutas

Única fuente de vitamina C. Dan color y textura a la dieta haciéndola atractiva a la vista y el paladar.

Las frutas —cocidas, crudas, congeladas o frescas— son alimentos protectores, ricos en vitaminas, minerales y sustancias vegetales secundarias que nos ayudan a protegernos de las enfermedades.

El hierro que se obtiene de los vegetales se absorbe y se aprovecha mejor si se combina con alimentos ricos en vitamina C.

Valor nutricional: Azúcar, fibras, vitaminas y minerales.

Recomendaciones del «Plato del Bien Comer»:

- Incluir al menos un alimento de cada grupo en cada tiempo de comida.
- Variar lo más posible los alimentos de cada grupo.
- Comer lo suficiente, ni de más ni de menos.

La dieta equilibrada es aquella en la que los nutrimentos guardan proporciones entre sí, además de ser agradable en sabor, color, aroma y textura.

Consejos para una alimentación correcta:

- Tomar mínimo 8 vasos de agua purificada al día.
- Consumir alimentos naturales con poca grasa, sal y azúcar. Preferentemente utilizar aceites vegetales (excepto coco y palma), en lugar de grasas de origen animal o mantecas vegetales.
- Combinar cereales (arroz, avena, maíz, amaranto, trigo) con leguminosas (frijoles, soja, lentejas, chíncharos, habas) en el mismo platillo, para obtener proteínas de alta calidad.
- Consumir cantidades adecuadas de fibra (20-30 g de fibra por cada 2.000 kcal que se consuman por día).

Recuerda que los alimentos, además de ser el vehículo de los nutrimentos, pueden contener sustancias como conservantes, colorantes, estabilizadores, saborizantes, u otros como toxinas y microorganismos, que pueden ser dañinos.

Es importante leer las etiquetas de los productos para conocer sus ingredientes, información nutrimental, contenido en peso y volumen, modo de uso, precauciones de manejo, conservación, así como fecha de caducidad o de consumo preferente.

B) LA PIRÁMIDE ALIMENTICIA

La pirámide fue desarrollada por el Departamento de Agricultura de Estados Unidos (USDA) e introducida en 1992. Se utiliza para enseñar la gran variedad de alimentos que pueden y deben ser consumidos por las personas y las cantidades proporcionales en que deben estar presentes diariamente en nuestra dieta.

Como regla general, recomienda incluir mayor cantidad de alimentos de los niveles más bajos (primer nivel), ya que estos alimentos contienen carbohidratos complejos como los almidones y las fibras, y menor cantidad de los alimentos que aparecen en los niveles superiores.

En el segundo nivel se encuentran algunas hortalizas y frutas, que proveen de vitaminas A y C. Estas comidas también son bajas en grasas.

En el tercer nivel están los productos lácteos como la leche, el yogur y los quesos que proveen calcio y proteína. Por lo general, estas comidas contienen las llamadas «grasas ocultas», por lo que es preferible seleccionar los productos bajos en grasa. En el grupo de carne y sus derivados se incluye la carne de res, las aves, el pescado, el cacahuete, los huevos y los frijoles.

Del cuarto y quinto nivel se recomienda ingerir las grasas, los azúcares y la sal en forma poco frecuente y limitada para reducir la cantidad de calorías en la dieta.

C) LA «NUEVA» PIRÁMIDE ALIMENTICIA. LA PIRÁMIDE DE ALIMENTACIÓN SALUDABLE

Las investigaciones recientes no concuerdan con que la pirámide nutricional esté contribuyendo a curar la «epidemia» de obesidad en Estados Unidos; de hecho, se ha registrado un aumento en promedio del 8 % en el peso de los estadounidenses desde que se adoptó la guía del USDA.

Si la única meta de la pirámide alimenticia es dar los mejores consejos posibles para una alimentación sana, esta debe basarse en evidencias nutricionales y ser independiente de cualquier interés comercial.

En lugar de que sucediera así, los expertos en nutrición de la Universidad de Harvard en Estados Unidos idearon la «Pirámide de la Alimentación Sana», basada en la mejor evidencia científica disponible sobre los vínculos entre la dieta y la salud.

Esta nueva pirámide elimina las fallas fundamentales de la pirámide del USDA y ofrece información para ayudar a las personas a tomar mejores decisiones acerca de lo que comen.

El doctor Walter Willer, jefe del Departamento de Nutrición de la escuela de Salud Pública de Harvard, en su libro *Eat, Drink, and Be Healthy* (Comer, beber y estar saludable, agosto 2001) desarmó la pirámide del USDA y la reemplazó por otra, considerando los años de investigación realizada en su institución y en la escuela de Medicina de Harvard.

1. Ejercicio y control de peso

En la base de la nueva pirámide está el ejercicio diario y el control del peso. Sabemos que muchas enfermedades crónicas, como diabetes, enfermedades cardiovasculares, la obesidad y la osteoporosis están asolando a los estadounidenses como resultado directo de su inactividad. El consenso científico es que todos deberíamos centrar nuestros días en mantenernos activos, sea paseando al perro, andando en bicicleta o yendo al gimnasio. No se requiere de un ejercicio muy intenso para mantener una buena salud al tiempo que disfrutamos de actividades agradables. No importa que tan bien nos alimentemos si no nos movemos.

2. Carbohidratos integrales y grasas

En el siguiente nivel se encuentran los granos integrales y las grasas «buenas».

Pan, cereal, arroz y pasta que aparecen en la base de la pirámide original son ricos en carbohidratos, pues son fuentes primarias de energía para el cuerpo. Adicionalmente, los productos de granos son buenas fuentes de fibra, minerales y vitaminas. La pirámide del USDA ignora el hecho de que la mayoría de los productos de granos que se venden en las tiendas —pan blanco, galletas, pastas y cereales— están elaborados con harinas refinadas que perdieron nutrientes durante su procesamiento. La pirámide del USDA no distingue entre un plato de pasta refinada y un plato de avena integral.

Algunos científicos piensan que una dieta rica en alimentos refinados, como arroz blanco, papas y productos hechos de harina refinada, son los responsables de la rápida aparición de diabetes, enfermedades cardiacas y obesidad en Estados Unidos. De ser así, no son los carbohidratos por sí mismos los responsables de cualquier efecto adverso sobre la salud, sino la forma como son procesados y consumidos.

Una teoría expuesta por la investigadora Susan B. Roberts, de la Universidad Tufts en Boston, sostiene que los carbohidratos refinados provocan una elevación rápida de la insulina —la hormona que mantiene los niveles de azúcar controlados— en la sangre.

Muchos científicos creen que consumiendo muchos de estos alimentos, paso a paso se sobrecarga nuestro organismo y nos hace más susceptibles a la diabetes y a las enfermedades cardiacas. Por otro lado, los alimentos no refinados, como harina de trigo, arroz y avena integrales, son buenas fuentes de fibra, pues moderan la velocidad de liberación de los carbohidratos a la sangre y evitan elevaciones súbitas de insulina.

La llave para el control del peso, dicen los científicos, es mantener nuestros niveles de insulina regulados. Además, los granos integrales contienen fotoquímicos que ayudan a mantenernos saludables.

RECUERDA: Incluir granos integrales en todas las comidas.

Sorprendentemente, en el segundo nivel, junto con los granos integrales se encuentran algunas grasas. La pirámide del USDA coloca a las grasas en la cúspide, con el propósito de que sean consumidas en cantidades muy limitadas, pero no todas las grasas son iguales. Las grasas saturadas de las carnes y lácteos pueden contribuir a desarrollar enfermedades cardiacas; sin embargo, los aceites vegetales, como los de oliva y canola, maíz, girasol, cacahuete y soja, así como pescados grasos, como el salmón, pueden tener un lugar importante en nuestra dieta.

Estos aceites son del tipo mono y poliinsaturados, que se consideran «saludables para el corazón» porque no aumentan los niveles de colesterol y ayudan a disminuir el progreso de enfermedades cardiacas. Esta idea de grasas «buenas» y «malas» se sostiene en el hecho de que las culturas mediterráneas que consumen grandes cantidades de aceites vegetales y pescados grasos tienen muy baja incidencia de diabetes y enfermedades cardiacas.

Estas grasas saludables no solo mejoran los niveles de colesterol (cuando se consumen en lugar de carbohidratos refinados como fuente de energía), sino que también pueden proteger al corazón de problemas súbitos y potencialmente mortales.

3. Vegetales y frutas

Como podemos observar, una vez cubiertas nuestras necesidades básicas de energía, la clase de alimentos en la que debemos enfocarnos viene del reino vegetal. Vegetales y frutas en abundancia nos poporcionarán vitaminas, minerales, cantidades suficientes de fibra y fotoquímicos que nos ayudarán a prevenir cierta variedad de cáncer, disminuir la presión arterial, evitar diverticulitis, cataratas y la degeneración macular (la principal causa de pérdida de la visión entre las personas de más de 65 años).

Aunque la recomendación estándar es de 5 porciones al día, el científico Jim Joseph, de Tufos, recomienda 9 porciones al día para reducir el riesgo de cáncer y otras enfermedades relacionadas con la edad. Para obtener mejores beneficios, elige hojas verdes regularmente y la mayor diversidad de colores, cada color de fruta o vegetal provee beneficios únicos a la salud.

RECUERDA: **Consumir vegetales en abundancia y frutas 2 ó 3 veces al día.**

4. Legumbres y semillas

Las semillas, además de proporcionar proteínas de alta calidad, también contienen grasas «buenas» que ayudan a bajar el colesterol «malo». Las legumbres (frijoles) son también otra muy buena fuente de proteínas, con el valor adicional de que la fibra ayuda a controlar el apetito y a reducir el riesgo de enfermedades cardiacas, y aun de cáncer.

RECUERDA: **Tomar legumbres y semillas tres veces al día.**

5. Pescado, aves y huevos

La pirámide del USDA coloca a las semillas, legumbres, carnes rojas, pescados y huevos en la misma categoría, lo que sugiere que todos ellos son iguales como fuentes de proteína; sin embargo, las evidencias científicas muestran que son muy diferentes.

En comparación con las carnes rojas, el pescado casi no contiene grasas saturadas que se acumulan en las venas, sino grandes cantidades de «ácidos grasos esenciales», la clase de grasas que ayudan a fabricar hormonas importantes que regulan las funciones del cuerpo y ayudan a prevenir ataques cardiacos.

El pollo y el pavo son también buenas fuentes de proteína y pueden ser bajos en grasas saturadas, siempre y cuando se les elimine la piel.

Los huevos están bajo una revisión como una buena fuente de proteínas. Nuevas investigaciones muestran que un huevo al día no es malo para el corazón, y una yema de huevo contiene dos sustancias —luteína y zeanxantina— que ayudan a prevenir las cataratas relacionadas con la edad. De hecho, un huevo es mucho mejor desayuno que una dona cocinada en un aceite rico en ácidos grasos o un pan hecho con harina refinada.

RECUERDA: **Consumir este grupo de 0 a 2 veces al día.**

6. Lácteos o suplementos de calcio

La formación de los huesos y su mantenimiento requiere calcio, vitamina D, ejercicio, entre muchas otras cosas. Los lácteos han sido la fuente tradicional de calcio, aunque existen otras formas saludables de obtener este mineral.

La leche y los quesos pueden contener muchas grasas saturadas. Por ejemplo, 3 vasos de leche entera contienen tanta grasa como 13 tiras de tocino cocido. Se recomienda que los adultos tomen lácteos bajos en grasa. Por otra parte, existen evidencias de que muchas dietas con lácteos cerecen de los minerales necesarios para el equilibrio del calcio. Katherine Tucker afirma que si nos enfocamos más en alimentos no refinados, como granos integrales, legumbres y productos del campo, podemos crear un equilibrio mineral positivo y satisfacer nuestras necesidades diarias de calcio. Cabe aclarar que no todas las plantas contienen calcio, algunas buenas fuentes alternativas de calcio son los productos a base de soja o bebidas fortificadas con este mineral.

RECUERDA: **Tomar este grupo de 1 a 2 veces al día.**

7. Carne roja y mantequilla

Están situados en la cúspide de la «Pirámide de la Alimentación Sana» porque contienen grandes cantidades de grasas saturadas. Si consumes carnes rojas todos los días, intenta cambiarlas por pescado o pollo sin piel varias veces a la semana, con ello mejorarás tus niveles de colesterol. También puedes sustituir la mantequilla por aceite de oliva.

RECUERDA: **Utilizar este grupo muy poco.**

Arroz blanco, pan blanco, pastas, papas (patatas) y dulces comparten la cima de la pirámide con la carne y la mantequilla porque pueden provocar un aumento rápido y brusco de azúcar en la sangre que puede producir a su vez ganancia de peso, diabetes, enfermedades cardiacas, así como otras enfermedades crónicas.

Los granos refinados, las papas y los dulces contienen calorías «vacías» (no contienen otros nutrientes) que contribuyen al aumento de peso y a la diabetes.

RECUERDA: **Utilizar este grupo muy poco.**

D) OTRAS GUÍAS ALIMENTICIAS

La «Nueva Pirámide» no es la única alternativa para la propuesta del USDA, existen algunas más como las pirámides Asiática, Latina, Mediterránea y Vegetariana promovidas por Oldways Preservation and Exchange Trust (www.oldwayspt.org), que son también buenas guías alimenticias basadas en evidencias nutricionales.

La «Pirámide de Alimentación Saludable» se basa en una investigación aún más extensa, que conjunta los más recientes descubrimientos en nutrición y ofrece una guía más amplia al no basarse en una cultura en específico. No se trata de una propuesta estática o rígida, se pretende que vaya evolucionando al incorporar cada vez conocimientos más avanzados.

V

El tofu y las guías de alimentación

E L tofu, como producto natural derivado de la soja, una leguminosa, se adecua perfectamente a cualquiera de las guías alimenticias, las cuales coinciden en que debemos incluir en nuestra dieta diaria productos que contengan proteína de alta calidad que no contengan grasas saturadas, ser bajos en sodio y calorías. Además de combinarse con cualquier otro ingrediente, como verduras, frutas, cereales, pastas, carnes o lácteos, en muchísimos platos internacionales, incluyendo la cocina tradicional mexicana, da variedad, sabor, textura y calidad nutricional. Y por si fuera poco, es elaborado sin aditivos tóxicos.

VALOR NUTRICIONAL DEL TOFU POR 125 g

CALORÍAS 94

Nutriente	Contenido	% de necesidades diarias
Proteínas	10 g	—
Grasas totales	6 g	9 %
Grasas saturadas	1 g	4 %
Colesterol	0 mg	0 %
Sodio	9 mg	0 %
Carbohidratos totales	2 g	1 %
Vitamina A	105	2 %
Riboflavina	0 mg	4 %
Niacina	0 mg	1 %
Vitamina B_6	0 mg	3 %
Folato	19 mcg	5 %
Ácido pantoténico	0 mg	1 %
Calcio	434	43 %
Hierro	7 mg	37 %
Magnesio	37 mg	9 %
Fósforo	120 mg	12 %
Potasio	150 mg	4 %
Cinc	1 mg	7 %
Cobre	0 mg	12 %
Manganeso	1 mg	
Selenio	11 mg	

En la más moderna evaluación de aminoácidos, el tofu tiene una calificación de 106, lo que quiere decir que es una proteína de alta calidad, pues cuenta con to-

dos los aminoácidos esenciales y en cantidades adecuadas.

Una puntuación de 100 o más indica que se trata de
una proteína completa comparable con la clara de huevo
y la leche.

VI

Cocinando con tofu

Comer es un placer,
cocinar es un arte.

L A gastronomía no está reñida con unas buenas dietéticas.

El tofu tiene un sabor neutro, aunque los conocedores lo describen como «delicado», que le dan una capacidad camaleónica al poder ser parte de platos dulces, salados, agridulces, picantes, etc. Independientemente de disfrutarse en su presentación natural, cocerse, freírse, hornearse, asarse, etc.

TÉCNICAS CULINARIAS BÁSICAS CON TOFU

Existen algunos procedimientos básicos para cocinar con tofu; se trata de practicarlos e identificarlos para que elabores tus platos con el mayor éxito, ya que cada uno de ellos da al tofu una textura y una consistencia única. Cada una de las técnicas nos da un tofu con mayor o menor concentración de agua y, por lo tanto, de proteína por volumen.

1. Hervir

Este método sirve para diferentes propósitos, tales como entibiar el tofu antes de servirlo con alguna salsa caliente; para «refrescar» el tofu almacenado por mucho tiempo; para hacer el tofu un poco más firme con el propósito de que cuando se cueza a fuego lento en caldos sazonados absorba el sabor, sin diluir el medio de cocción; para dar al tofu una consistencia un poco «pegajosa», deseada en algunas ensaladas de tipo japonés.

Cuando se usa este método, se agrega un poco de sal al agua, obteniendo con ello un tofu más firme y ligeramente sazonado. La sal evita que el tofu se haga poroso. Siempre hay que dejar que hierva el agua antes de añadir el tofu, el cual se puede agregar entero o cortado del tamaño necesario para la receta.

2. Escurrir

Escurrir o almacenar el tofu sin agua (durante no más de 12 horas) le da una firmeza ligera y le ayuda a conservar su sabor. Para ello, coloca el tofu en un recipiente plano, tápalo y refrigéralo de 1 a 2 horas. Para una firmeza mayor, déjalo toda la noche. Si colocas un tofu sobre otro, el de abajo quedará más firme.

Para escurrir el tofu aún mejor, coloca el tofu sobre un colador o sobre una toalla absorbente dentro del colador.

3. Prensar

Cuando se prensa el tofu es necesario que este conserve su forma y estructura, de tal manera que después se pueda rebanar. El tofu está bien prensado cuando puede alzarse y mantenerse verticalmente en el aire sin desmoronarse. El tiempo de prensado depende del plato que se preparará; por ejemplo, un prensado ligero conserva la suavidad del tofu para usarlo en ensaladas; un prensado mayor es útil para platos con tofu frito.

Los siguientes son algunos métodos que puedes utilizar:

a) Método de la toalla y refrigeración: Envuelve el tofu firmemente en una servilleta de tela doblada en cuartos y colócalo en el refrigerador de 1 a 2 horas o durante toda la noche. Para disminuir el tiempo de prensado, escurre el tofu antes y coloca un peso sobre él. Reemplaza la toalla mojada por otra seca después de aproximadamente media hora, o corta el tofu a la mitad antes de acomodarlo en la servilleta.

b) Método de prensado inclinado: Envuelve el tofu en una servilleta de tela y colócalo sobre una tabla de cortar, charola o platón cerca del fregadero; eleva el extremo más distante unos 5 cm. Coloca un peso de más o menos 1/2 kilo y déjalo de 30 a 60 minutos.

4. Exprimir

Con este método se obtiene un tofu majado, un poco cohesivo, con una consistencia parecida al queso cottage.

Coloca el tofu en el centro de una servilleta de trapo grande, dobla las esquinas para hacer una especie de saco. Tuerce el saco cerrado y esprímelo hasta sacar el exceso de agua. No apliques demasiada prisión para el tofu no penetre el saco. Vacía el tofu en un recipiente para mezclar limpio.

5. Revolver

Esta técnica da como resultado una mayor separación del tofu y el agua, obteniéndose una textura parecida a la del tofu exprimido pero un poco más firme y más desmenuzada.

Coloca el tofu en una sartén fría. Utilizando una espátula de madera, corta el tofu en pedazos pequeños. Cocina sobre fuego medio de 4 a 5 minutos, moviendo constantemente y cortando cada vez más el tofu hasta que se separe el suero o líquido. Cuela a través de un colador fino, permite que se escurra por alrededor de 15 segundos si se requiere una consistencia suave, y por 3 minutos si se requiere una más firme. Coloca las migajas de tofu en un plato y dejar enfriar a temperatura ambiente antes de usar.

NOTA: Todas las recetas de este libro utilizan tofu, shoyu y miso marca «Daizu».

* Cuando se indica «Cuadro de tofu» se refiere a uno de los dos pedazos cuadrados de tofu que vienen en los envases al alto vacío. Cada cuadro desenvasado equivale a 150 g. El shoyu o salsa de soja y el miso (pasta fermentada de soja y trigo) son productos fermentados originales elaborados en México.

RECETA

YUDOFU (TOFU HERVIDO)

Ingredientes

2 cuadros de tofu cortado en cubitos.
1/4 taza shoyu (salsa de soja) más 1/4 taza de agua.
1 cebollita de cambray finamente picada.
Chile verde picado al gusto.
1/8 cucharadita de sal.
1 taza de agua.

Modo de preparar

Colocar en una taza refractaria el shoyu más 1/4 de taza de agua, agregar la cebollita picada incluyendo parte del tallo verde y los chiles.

En un recipiente poner las dos tazas de agua con la sal. Colocar dentro la taza con la mezcla de shoyu. Poner a hervir; una vez alcanzado el hervor, colocar el tofu en el agua y dejar que se cocine a fuego medio por 4-5 minutos.

Servir tibio, remojando cada cubito de tofu en la salsa tibia.

VII

Dieta, valor energético de los alimentos y peso

Es a partir de nuestra dieta de la que obtenemos los nutrientes que nos proporcionan la energía necesaria parta vivir, formar y reparar las estructuras corporales, así como para regular los procesos metabólicos de nuestro organismo.

De todos los nutrientes que ingerimos, solo los hidratos de carbono, los lípidos o grasas y las proteínas producen energía, la cantidad de energía se mide en kilocalorías (kcal) o kilojulios (kj).

1 caloría = aprox 4 julios

El valor energético de un alimento está determinado por la combinación de estos tres componentes, pues a partir de ellos podemos saber la cantidad de energía que libera al oxidarse.

- 1 gramo de HIDRATOS DE CARBONO produce 4 kcal (16,8 kJ).
- 1 gramo de LÍPIDOS produce 9 kcal (37,8 kJ).
- 1 gramo de PROTEÍNAS produce 4 kcal (16,8 kJ).

Casi toda la energía la utilizamos para mantener nuestros órganos y para conservar los músculos funcionando. Lo que nos hace aumentar de peso es consumir más calorías de las que usamos.

Mucha de la energía de los alimentos se emplea de inmediato, el exceso se transforma en otras sustancias que se almacenan en el hígado y los músculos o se convierten en grasa.

Independientemente del origen del nutriente (carbohidratos, proteínas o grasas), todo excedente se convierte finalmente en grasa corporal.

El cuerpo humano tiene una capacidad limitada para almacenar carbohidratos (glucógeno en el hígado o músculo), pero casi ilimitada para acumular grasa, que además de provocar aumento de peso constituye un factor de riesgo para el desarrollo de enfermedades cardiacas (colesterol alto, hipertensión, arterioesclerosis, infarto), algunos tipos de cáncer y diabetes.

El número de calorías necesarias para cada persona depende del género (femenino o masculino), la edad, tiempo e intensidad de la actividad física y estado de salud. Por ejemplo, los procesos infecciosos, las diarreas y la fiebre producen un aumento en el gasto energético, por lo que se debe continuar con la alimentación habitual, evitando alimentos irritantes o ricos en fibra insoluble.

A partir de los 30 años el metabolismo funciona más lentamente ya que perdemos aproximadamente el 10 % masa muscular entre los 20 y los 50 años de edad, la cual se reemplaza por grasa, a menos que hagamos ejercicio y se consuman menos calorías.

No necesitas comer mucho para subir de peso. Es posible ganar peso sin comer grandes cantidades de comida. Si eres muy inactivo, tu requerimiento de energía es relativamente pequeño y, por lo mismo, puede que no tengas que comer mucho para no ingerir más calorías de las que puedes gastar.

Para mantener un peso equilibrado debemos obtener nuestra energía de acuerdo con nuestras necesidades calóricas:

- Energía de hidratos de carbono = 55 % - 60 % de la energía total.
- Energía de lípidos = 25 % de la energía total.
- Energía de proteínas = 10 % - 15 % de la energía total.

En adultos es importante vigilar la actividad física, el índice de masa corporal y la relación cintura/cadera.

Necesidades diarias de energía [1]	
Niños	**Energía**
1 a 3 años	1.300
4 a 6 años	1.750
7 a 9 años	2.000
Niños y hombres jóvenes	
10 a 12 años	2.200
13 a 15 años	2.650
16 a 19 años	3.000
Niñas y mujeres jóvenes	
10 a 12 años	1.900
13 a 15 años	2.100
16 a 19 años	2.150

[1] Las cifras mostradas en el cuadro son solo un promedio; las necesidades varían de manera individual. Ver *Tablas de valor nutritivo de los alimentos,* Muñoz, Chávez, y otros, 1996.

Índice de masa corporal (IMC)

Es la relación entre peso y estatura utilizada para calcular la grasa corporal. Se obtiene dividiendo el peso (en kilogramos) entre el cuadrado de la estatura (en metros). El IMC no se utiliza para evaluar a los niños que se encuentran en edad de crecimiento, a los ancianos frágiles o sedentarios, ni a las mujeres embarazadas o lactantes.

Los criterios de evaluación del IMC según la OMS son:

IMC	Evaluación
De 18,85 a 24,9	Normal
De 25 a 26,9	Sobrepeso
De 27 a 27,9	Obesidad grado I
De 30 a 39,9	Obesidad grado II
Más de 40	Obesidad severa grado III

El índice óptimo de masa corporal oscila entre 21 y 24 unidades. Por ejemplo, una persona que mide 1,56 m y que pesa 70 k tiene un índice de masa corporal igual a:

$$IMC = 70/(1,56)^2$$
$$IMC = 70/2,43 = 28$$

Tiene un IMC de 28, por lo que tiene una obesidad de grado II.

De acuerdo con estudios recientes, el índice de masa corporal (IMC) del adulto debe ser complementado con el cálculo de la distribución de grasa en el cuerpo, calculado a partir de la proporción cintura/cadera, debido a que este dato se asocia al riesgo de enfermedades cardiovasculares.

Coeficiente cintura/cadera

Cuando se aumenta de peso, hay que vigilar si el incremento es muy rápido y en qué parte del cuerpo se está acumulando el tejido adiposo (la grasa) en mayor cantidad. Cuando la grasa está concentrada principalmente en el abdomen, existe mayor probabilidad de desarrollar enfermedades cardiovasculares y diabetes.

El cociente cintura/cadera (CCC) se obtiene al dividir la circunferencia de la cintura entre la circunferencia de la cadera, y es otra de las medidas que orienta la relación con el riesgo de la obesidad.

Un coeficiente mayor de 0,8 en mujeres y de 1,0 en hombres constituye un factor de riesgo importante para el desarrollo de enfermedades relacionadas con la obesidad.

CCC		Evaluación
Hombres	Mujeres	Riesgo de enfermedad
0,95	0,80	Muy bajo
0,96-0,99	0,81-0,84	Bajo
1,00	0,85	Alto

El CCC óptimo es menor 0,93 para hombres y menor de 0,84 para mujeres. Por ejemplo, un hombre cuya cintura mide 100 cm y su cadera 98 tiene un CCC igual a:

CCC = 100/98 = 1,1, que es mayor de 1, por lo tanto tiene un riesgo alto de enfermedades.

Unas palabras sobre los refrescos

Las bebidas artificiales con sabor a fruta y los refrescos que contien azúcar o edulcorantes calóricos añadidos son productos de la categoría de los dulces, por lo que deben consumirse ocasionalmente para mantener un equilibrio en nuestra dieta.

Recientemente se ha puesto de manifiesto que el aumento de la obesidad infantil es atribuible, en parte, al consumo de bebidas azucaradas. Los niños que consumen algún refresco azucarado todos los días incrementan su riesgo de obesidad en más de un 50 %.

Cualquier alimento, consumido ocasionalmente y con moderación, puede formar parte de una dieta saludable y equilibrada. Los refrescos tienen un valor nutricional casi nulo. Una lata de refresco endulzado con sacarosa (azúcar común) contiene unos 35 g (el equivalente a 6 terrones pequeños de azúcar). Las bebidas de cola contienen cafeína, la cual suele proceder del extracto de nuez de cola y ácido fosfórico que reducen la absorción de calcio, por lo que no se recomienda un consumo excesivo —especialmente en jóvenes y adolescentes—, dada la importancia del calcio en el correcto desarrollo óseo.

Entendiendo las etiquetas de los alimentos

Para conocer el aporte calórico de los alimentos procesados e industrializados debemos de leer y entender las etiquetas y denominaciones, que nos evitarán confusiones entre «Sin...», «Reducido en...» y «Bajo en...».

Producto **LIGHT:** Significa que contiene el 50 % menos de grasa o el 50 % menos de calorías proporcionadas por la grasa.

Producto **SIN GRASA:** Significa que tiene un contenido de grasa menor a 0,5 g/porción.

Producto **BAJO EN GRASA:** Significa que tiene un contenido de grasa menor o igual a 3 g/porción. Cuando la porción sea menor o igual a 30 g, su contenido de grasa debe ser menor o igual a 3 g/50 g de producto.

Producto **REDUCIDO EN GRASA:** Es aquel cuyo contenido de grasa es al menos un 25 % menor en relación al contenido de grasa del alimento original o de su similar.

Producto **BAJO EN GRASA SATURADA:** Significa que su contenido de grasa saturada es igual o menor a 1 g/porción y no más del 15 % de energía proveniente de la grasa saturada. Cuando la porción sea igual o menor a 30 g, el contenido de grasa saturada debe ser menor o igual a 1 g/100 g de producto y menos del 10 % de energía proveniente de la grasa saturada.

Producto **REDUCIDO EN GRASA SATURADA:** Es aquel cuyo contenido de grasa saturada es al menos un 25 % menor en relación al contenido de grasa saturada del producto original o de su similar.

Producto **SIN COLESTEROL:** Es aquel cuyo contenido de colesterol es menor de 2 mg/porción y el de grasa saturada es menor o igual a 2 g/porción.

Producto **BAJO EN COLESTEROL:** Es aquel cuyo contenido de colesterol es menor o igual a 20 mg/porción. Para porciones menores o iguales a 30 g, el contenido debe ser menor o igual a 20 mg/50 mg de producto.

Producto **REDUCIDO EN COLESTEROL:** Es aquel cuyo contenido de colesterol es al menos un 25 % menor con relación al contenido de colesterol del producto original o de su similar y contiene 2 g o menos de grasa saturada por porción.

Producto **SIN CALORÍAS:** Es aquel cuyo contenido de calorías debe ser menor de 5 calorías/porción.

Producto **BAJO EN CALORÍAS:** Es aquel cuyo contenido debe ser menor o igual a 40 calorías/porción. Cuando la porción sea menor o igual a 30 g, su contenido de calorías debe ser menor o igual a 40 calorías/50 g de producto.

Producto **REDUCIDO EN CALORÍAS:** Es aquel donde el contenido de calorías es al menos un 25 % menor con relación al contenido de calorías del alimento original o de su similar.

Producto **SIN AZÚCAR:** Es aquel cuyo contenido de azúcar es menor a 0,5 g/porción.

Producto **REDUCIDO EN AZÚCAR:** Es aquel cuyo contenido de azúcar se ha reducido por lo menos en un 25 % del alimento original o de su similar.

¿Por qué es importante mantener un peso adecuado? Las personas que tienen sobrepeso de 20 kilos o más tienen el doble de riesgo de adquirir cáncer, 2,5 veces más probabilidades de sufrir un ataque cardiaco y 10 veces más de desarrollar diabetes.

Miles de personas sufren de un amplio rango de condiciones no saludables, desde hemorroides hasta diverticulitis (inflamación de una bolsa anormal [divertículo] en la pared intestinal, generalmente en el colon o intestino delgado), desde colesterol elevado hasta cáncer de colon, debido a dietas pobres en fibra que se combinan con la obesidad.

CONSEJOS PARA UNA DIETA SALUDABLE Y MANTENER EL PESO IDEAL

- Lleva una dieta variada y equilibrada. Consume muchos granos integrales, frutas y verduras. Tendrás la energía, proteína, vitaminas, minerales y la fibra que tu cuerpo necesita para estar saludable.
- Haz de la dieta saludable un hábito para el resto de tu vida; ello te ayudará a mantener tu peso ideal y conservarte sano.
- Haz el ejercicio adecuado para ti, para bajar o mantener un peso saludable; así, disminuirás tu riesgo de padecer muchas enfermedades.
- Disminuye el consumo de sodio presente en la sal común y algunos aditivos como bicarbonato de sodio, glutamato monosódico (verifica las etiquetas de los alimentos para descubrir sodio oculto). De esta manera reduces las posibilidades de sufrir de alta presión sanguínea.
- Modera el consumo de los azúcares simples y bebidas alcohólicas. Tienen muchas calorías y pocos nutrientes.
- Haz del agua pura tu bebida por excelencia.
- Limita el consumo de grasas de origen animal.

RECETAS

TOFU EN PREPARACIONES PARA SUSTITUIR ALIMENTOS CON MUCHAS CALORÍAS

CREMA ÁCIDA DE TOFU
(Del *Almost No-fat Holiday Cookbook*)

Para usarse como sustituto de crema agria de leche de vaca, en dips, aderezos y para cocinar.

Ingredientes

2 cuadros de tofu.
1-2 cucharadas de jugo de limón.
1 1/2 cucharaditas de miso o 1/4 cucharadita de sal.
1/2 cucharadita de azúcar u otro edulcorante.
1 cucharada de vinagre blanco.

Modo de preparar

Mezclar todos los ingredientes en la licuadora hasta obtener una mezcla homogénea y cremosa. El vinagre da el toque de acidez a esta mezcla, puede agregarse al gusto.

Se conserva hasta una semana en refrigerador, en envase tapado.

MAYONESA DE TOFU
(Del *Almost No-fat Holiday Cookbook*)

Ingredientes

2 cuadros de tofu.
1 cucharada de vinagre de vino o jugo de limón.
1 cucharadita de edulcorante a tu elección (opcional).
1 cucharadita de sal.
1/2 cucharadita de mostaza en polvo.
1/4 cucharadita pimienta blanca.

Modo de preparar

Combinar todos los ingredientes en la licuadora o procesador de alimentos hasta que adquiera una consistencia homogénea y cremosa. Se conserva en refrigeración unas dos semanas.

CUBIERTA CREMOSA PARA PASTEL

Ingredientes

2 cuadros de tofu.
1 cucharadita de vainilla.
1/4 taza de azúcar glas.
250 g de chocolate semiamargo para repostería fundido a baño María.
2 cucharaditas de café instantáneo, agregarlo cuando se está derritiendo el chocolate.
1 cucharada de ron (opcional).

Modo de preparar

Mezclar todos los ingredientes en la licuadora o procesador de alimentos. Guardar en un recipiente hermético en el refrigerador. Utilizar siempre sobre pastel o pan bien fríos, cubriendo decorativamente o colocando una cucharada al lado del pastel.

SALSA TÁRTARA DE TOFU
(Del *The Book of Tofu*)

Ingredientes

1 taza de pepinillos en conserva.
2 cuadros de tofu.
3 cucharadas de aceite de oliva.
5 cucharadas de jugo de limón.
1 cucharadita de sal.
1 cucharada de mostaza picante.
2 huevos cocidos.
2 cucharaditas de perejil finamente picado.
2 cucharadas de aceitunas picadas.

Modo de preparar

Combinar 1/4 de taza de los pepinillos con el tofu, aceite, jugo de limón, sal y mostaza en la licuadora o procesador de alimentos hasta tener una mezcla cremosa; vaciarla en un recipiente y mezclar con el resto de los pepinillos y demás ingredientes. Incorporar todo muy bien. Si se desea, adornar con perejil picado.

VIII

Nuestro físico y la alimentación

❧

N UESTRO cuerpo refleja, mucho más de lo que pensamos, el tipo de alimentación que llevamos.

1. EL CABELLO, LA PIEL Y LAS UÑAS

La piel reseca y escamosa, cabello frágil, quebradizo y sin brillo o excesivamente graso, con caída sin causa aparente; uñas blandas y con manchas blancas, son señales inequívocas de una dieta inadecuada.

La piel es el órgano más grande del cuerpo, juega un papel protector contra el medio ambiente, previene la pérdida de agua y nos ayuda a mantener la temperatura corporal.

Cada 28 días mudamos nuestra piel, que consta de tres capas principales (la exterior o epidermis, el tejido adiposo intermedio y capa inferior o dermis). Producimos cerca de cien kilos de células de epidermis a lo largo de nuestra vida.

La piel requiere de un abastecimiento regular de oxígeno y de nutrientes para su renovación. Un déficit en la dieta altera su crecimiento y apariencia. Además, es necesaria una buena hidratación, la piel obtiene el agua de los alimentos y los líquidos que ingerimos. Debemos tomar diariamente cerca de 1,5 litros de agua y otros líquidos para equilibrar las pérdidas y mantener el nivel adecuado de hidratación en la piel y eliminar más fácilmente las toxinas de nuestro cuerpo.

La dermis está constituida por colágeno y glándulas sebáceas. El colágeno es una proteína fibrosa y resistente que hace a la piel lisa, firme y elástica. Todos perdemos colágeno conforme envejecemos, lo que ocasiona que la piel pierda humedad, se arrugue y se aje. Algunos alimentos pueden ayudar a reducir y aun a posponer el envejecimiento de la piel. Las glándulas sebáceas producen sebo que mantiene flexible a la piel y cuero cabelludo.

El cabello y las uñas se conocen como anexos de la piel constituidos principalmente por queratina, que es una proteína que les da su dureza y resistencia.

La piel, el cabello y las uñas requieren, para estar sanos, de una amplia variedad de nutrientes, ya que siempre se encuentran en constante renovación. Cada año el cabello crece 125 milímetros, mientras que las uñas crecen medio milímetro por semana.

Nutriente	Función	Su deficiencia provoca	Fuente
Proteínas	Componente de colágeno y queratina.\n\nVitales para el crecimiento y mantenimiento de la piel y el cabello.	Cabello despigmentado, sin brillo y débil, se arranca con facilidad.	Carnes, pescado, huevos y sus derivados, lácteos, legumbres, cereales y frutos secos, tofu, agua, leche de soja.
Ácidos grasos esenciales	Forman parte de todas las células.\n\nEl cuerpo humano no puede producirlos, debemos obtenerlos de la comida.\n\nEl Omega 6 se requiere para producción de queratina y colágeno, además de para mantener el equilibrio hormonal.	Problemas en la piel.	Monoinsaturados: Aceite de oliva y el aguacate.\n\nPoliinsaturados: Aceites de semillas, frutos secos oleaginosos y el pescado (sobre todo el azul), tofu, agua, leche de soja, miso, aceite de soja.\n\nLos productos de soja tienen una mezcla de Omega 3 y Omega 6.
Vitamina A	Renovación de piel y mucosas.\n\nAntioxidante.		Alimentos de origen animal: hígado, grasas lácteas (crema y mantequilla), yema de huevo y lácteos completos, tofu.
Betacaroteno o provitamina A	Se transforma en vitamina A en el cuerpo.\n\nAntioxidante.	.	Verduras de hoja verde y de color rojo, naranja o amarillo (zanahoria, calabaza, pimientos), y algunas frutas (cerezas, melón, melocotón, mango, chabacanos).

Nutriente	Función	Su deficiencia provoca	Fuente
Vitamina C	Antioxidante. Producción de colágeno.		Pimientos, kiwi, cítricos (naranja, limón, guayaba, piña), melón, fresas, moras, jitomate.
Riboflavina (Vitamina B_2)	Actúa contra la seborrea y caída del cabello. Desarrollo y división celular.		Leche y lácteos, huevos, carnes, pescados, hígado, legumbres y frutos secos, tofu.
Niacina (Vitamina B_3)	Síntesis de queratina.		Carnes, pescados, vísceras y cereales integrales, frutas secas (orejones), tofu.
Pridoxina (Vitamina B_6)	Relacionado con el metabolismo correcto del cinc, que forma parte de la epidermis.		Pescados azules, carnes, huevos, frutos secos, cereales integrales, plátano, espinacas, levadura de cerveza y germen de trigo.
Ácido fólico (Vitamina B_9)	Renovación celular.		Verduras y legumbres de hoja verde, algunas frutas, hígado y levadura de cerveza, tofu.
Vitamina E	Antioxidante.		Aceites vegetales, frutos secos, germen de trigo y otros cereales, como los cereales integrales y en algunos vegetales de hoja verde. Aguacate.

Nutriente	Función	Su deficiencia provoca	Fuente
Selenio	Antioxidante.		Carne, pescado, marisco, cereales, huevos, frutas y verduras, tofu.
Cinc	Parte de la epidermis. Restauración de la piel. Prevención de infecciones cutáneas.	Afecta al crecimiento del cabello y uñas, y disminuye tanto el grosor como la longitud. El cabello se queda sin brillo, se vuelve quebradizo y puede llegar a producirse una alopecia.	Carnes, vísceras, pescado, huevos, cereales integrales y legumbres, tofu.
Hierro		Causa de cabellos frágiles y debilitados, caída del cabello y la aparición de manchas blancas diseminadas por las uñas. Además, la piel, las mucosas y las uñas están pálidas por la disminución de la hemoglobina circulante.	Vísceras, carnes, pescados y huevos, levadura de cerveza, frutos secos y desecados, cereales, legumbres y verduras de hoja verde. En el huevo y en los alimentos de origen vegetal es más baja su absorción, por lo que se deben consumir junto con alimentos ricos en vitamina C, lo que aumenta su grado de absorción. Tofu.
Azufre	Síntesis de queratina. Acción antiseborreica.		Huevos, leche y derivados, cereales integrales, levadura de cerveza.

Nutriente	Función	Su deficiencia provoca	Fuente
Yodo	Crecimiento y resistencia del cabello y uñas.		Pescados y mariscos, lácteos y, en menor proporción, en frutas y verduras (brécol, zanahorias, espinacas, espárragos, ajo, cebolla).
Calcio	Consistencia al cabello.		Leche y derivados, pescados de los que se come la espina, los frutos secos y desecados, las legumbres, cereales, ajonjolí y verduras de hojas verdes, tofu.
Agua	Humectación y elasticidad de la piel.		Agua, frutas y verduras, bebidas.

RECETAS

ENSALADA TRICOLOR

Ingredientes

1 manojo de espinacas crudas.
2 jitomates saladet medianos.
1 aguacate hass maduro.
1 cebolla.
1 cuadro de tofu de 150 g.
1 huevo cocido.

Aderezo

2 cucharadas de jugo de limón.
1 cucharada de aceite de oliva.

1 cucharadita de shoyu (salsa de soja fermentada natural).
1 cucharada de ajonjolí tostado.
Pimienta y sal de ajo al gusto.

Modo de preparar

Lavar y desinfectar las espinacas y el jitomate. Rebanar el jitomate, aguacate y la cebolla, picar las espinacas. Cortar el tofu en cubitos de 1 cm^2 y hervirlo con agua, refrescar en agua helada y escurrir. Picar en cubitos el huevo cocido.

En una fuente colocar las espinacas con el jitomate y cebolla, agregar los cubos de tofu y huevo cocido. Adornar con las rebanadas de aguacate.

Mezclar los ingredientes del aderezo y rociar la ensalada. Espolvorear con ajonjolí tostado.

TOFU REVUELTO A LA MEXICANA

Ingredientes

1/4 de cebolla blanca.
1 jitomate saladet.
1 diente de ajo.
Chile verde serrano (opcional).
Cilantro al gusto.
1 cuadro de tofu.
1 cucharadita de aceite de canola.
Sal y pimienta al gusto.

Modo de preparar

Picar muy finos el ajo, cebolla, jitomate, chile y cilantro. Calentar el aceite, acitronar el ajo y cebolla, agregar el jitomate, sal y pimienta. Cocinar a fuego lento hasta que el jitomate adquiera consistencia de salsa, agregar el tofu desmoronado, revolver perfectamente y continuar cocinando durante 3 minutos.

Servir acompañado de pan integral.

LICUADO DE PLÁTANO Y PASITAS

Ingredientes

1 plátano tabasco maduro.
15 g de pasitas.
1/2 cuadro de tofu.
1 cucharada de avena.
1/2 taza de agua, leche de vaca o leche de soja.

Modo de preparar

El día anterior pelar el plátano y congelarlo dentro de una bolsa de plástico. Colocar todos los ingredientes en la licuadora y mezclar por tres minutos.

TOFU CON HUEVO COCIDO
(Una receta taiwanesa modificada)

Ingredientes

1 cuadro de tofu cortado a la mitad por lo alto, prensado.

1 huevo cocido.
1 cucharadita de mayonesa.
Sal al gusto.
Cilantro finamente picado.

Modo de preparar

Cortar el huevo cocido por la mitad, a lo largo. Untar una mitad de tofu con mayonesa, colocar encima la mitad del huevo cocido y adornar con cilantro picado. Bañar con shoyu al gusto.

Variaciones: Mezclar la mayonesa con un poco de Shoyu antes de untar en el tofu. Agregar mostaza o salsa de tabasco a la mayonesa.

SOPA NORTEÑA

Ingredientes

2 cuadros de tofu «hervido», cortado en cubos de 2 cm.
2 papas medianas cortadas en rebanadas.
1 cebolla mediana cortada en aros.
1 jitomate grande molido.
2 chiles poblanos grandes, «quemados», pelados y cortados en rajas.
3 tazas caldo de pollo o agua.
1 taza de leche de vaca descremada.
Sal y pimienta.
100 g de queso «fresco» en cubos (opcional).
1 cucharada de aceite de canola o soja.

Modo de preparar

Calentar el aceite en un recipiente mediano. Agregar los aros de cebolla; cuando sean transparentes, agregar el jitomate molido, sal y pimienta. Cocinar a fuego medio hasta que hierva. Agregar el caldo o agua. Adicionar las papas, el tofu y las rajas de chile. Tapar y dejar a fuego medio hasta que las papas estén cocidas. Agregar la leche, rectificar la sazón y continuar calentando hasta que hierva. Servir caliente.

2. EL CEREBRO Y EL SISTEMA NERVIOSO

El cerebro es la «central de mando» del cuerpo. Recibe, analiza y responde a todas las señales externas de nuestros sentidos, nos permite relacionarnos con nuestro medio ambiente y controla las funciones «automáticas» del organismo.

Los mejores alimentos para el cerebro y el resto del sistema nervioso son las vitaminas del complejo B, la vitamina E, el cinc y los ácidos grasos Omega 3, además de la glucosa, que es su única e indispensable fuente de energía.

Nutriente	Función	Su deficiencia provoca	Fuente
Glucosa	Proporciona energía. Se requiere de manera constante.		Carbohidratos simples y complejos. Preferible los complejos de cereales y leguminosas.
Complejo B	Interviene en la liberación de energía de los alimentos durante su metabolismo.	Se pueden acumular sustancias tóxicas que dañan al sistema nervioso.	Granos integrales, chícharos, frijoles, carne de cerdo, hígado, tocino.
Vitamina B_{12} Riboflavina		Entumecimiento y hormigueo de partes del cuerpo, torpeza para caminar. Deterioro mental en personas mayores.	Leche y lácteos, huevos, carnes, pescados, hígado, legumbres y frutos, tofu.
Antioxidantes Vitamina E	Previene el daño celular y envejecimiento prematuro.		Aceites vegetales, frutos secos, germen de trigo y otros cereales como los integrales y en algunos vegetales de hoja verde. Aguacate.
Grasas poliinsaturadas	Formación y mantenimiento de la capa de mielina (capa externa de los nervios) y de la estructura de las neuronas.	Alteraciones nerviosas. Formación anormal de las células y estructuras del sistema nervioso.	Aceites de semillas (girasol, maíz, soja), margarinas vegetales, frutos secos oleaginosos (nueces y almendras) y aceite de hígado de bacalao, tofu, leche de soja.

Nutriente	Función	Su deficiencia provoca	Fuente
Hierro		Problemas de atención, memoria y aprendizaje.	Vísceras, carnes, pescados y huevos, levadura de cerveza, frutos secos y desecados, cereales, legumbres y verduras de hoja verde. En el huevo y en los alimentos de origen vegetal es más baja su absorción, por lo que se deben consumir junto con alimentos ricos en vitamina C para aumentar su grado de absorción. Tofu.
Cinc	Funcionamiento de pituitaria. Producción de hormonas.	Depresión, irritabilidad y pérdida de apetito.	Carne roja, hígado, mariscos, yema de huevo, cereales integrales y leguminosas. Tofu.

RECETAS

PATÉ DE HÍGADO Y TOFU

Ingredientes

1 tubo grande de paté de hígado de cerdo.
1 cuadro de tofu.
1 lata de caldo de res concentrado.
20 g de grenetina.
50 ml de agua.

Modo de preparar

Hidratar la grenetina con agua. Dejar reposar mínimo 20 minutos. Calentar el caldo de res y, antes de que hierva, agregar la grenetina derretida. Cocinar a fuego lento hasta la completa disolución de la grenetina. Dejar enfriar por lo menos 20 minutos. Apartar aproximadamente 50 ml de caldo.

En la licuadora o procesador de alimentos mezclar el tofu con el paté y el caldo con grenetina. Colocar en un molde el caldo que separamos. Meter el molde al refrigerador hasta que cuaje. Una vez cuajado vierta la mezcla de tofu. Enfriar por lo menos 3 horas. Servir en galletas o pan tostado integrales.

SEMIFREDDO DE TOFU Y CHOCOLATE

Ingredientes

1 1/2 cuadro de tofu exprimido.
1/4 de cucharadita de sal.
1 1/4 de taza de azúcar.
1 taza de avellanas.
1 taza de chispas de chocolate.
2 cucharaditas de extracto de vainilla pura.
2 cucharadas de ralladura de limón.

Modo de preparación

Mezclar todos los ingredientes. Colocar en un recipiente en el refrigerador. Servir frío después de, por lo menos, 4 horas o toda la noche.

CREMA DE CHÍCHARO CON TOFU

Ingredientes

1 taza de chícharos cocidos.
1/4 de cebolla blanca chica.
1/2 rama de apio.
1 cuadro de tofu.
1/2 cucharada de caldo de pollo o de verduras en polvo.
Sal al gusto.
1 cucharadita de aceite de canola o soja.

Modo de preparar

Mezclar todos los ingredientes en la licuadora, excepto el aceite. Calentar el aceite y agregar la mezcla previamente molida. Rectificar la sazón y cocinar durante aproximadamente 5 minutos después de hervir. Servir acompañado de galletitas integrales.

TORI-DOFU
(Salchichón de tofu y pollo)

Ingredientes

200 g de carne molida de pollo.
2 cuadros de tofu.
1 huevo.
2 cucharadas de shoyu.
2 cucharadas de cebolla finamente picada.
1 cucharadita de ajo finamente picado.
1 cucharada de aceite de ajonjolí.

2 cucharadas de ajonjolí tostado.
Sal y pimienta al gusto.

Para las tiras de huevo:

2 huevos batidos ligeramente.
Sal al gusto.
Un poco de margarina.

Para el adorno:

8 champiñones crudos.
Un poco de margarina.
1 chile poblano.

Modo de preparar

Mezclar el tofu con el huevo, la salsa de soja, cebolla, ajo, sal, aceite de ajonjolí, ajonjolí, sal y pimienta. Colocar la mezcla en un molde para cocer a vapor.

Aparte, preparar una tortilla lo más delgada posible de huevo con sal y cortarla en tiras de aproximadamente 1 cm de ancho.

Reservar. Rebanar los champiñones y freírlos ligeramente con margarina y una pizca de sal. Reservar.

Quemar el chile poblano y desvenar. Cortar en tiras de aproximadamente 1/2 cm de ancho.

Cocinar la mezcla de pollo y tofu al vapor durante 10 minutos. Adicionar las tiras de huevo, los champiñones y las tiras de chile, en el orden mencionado, y cocinar 10 minutos más. Dejar enfriar y desmoldar.

Servir aderezado con una mezcla de shoyu y vinagre al gusto.

Variación: Colocar queso manchego rallado encima del chile, 2 minutos antes de terminar la cocción.

MOLE VERDE CON TOFU

Ingredientes

1 kg de carne de pollo sin piel o de puerco sin grasa.

Mole:

100 g de pepita de calabaza molida.
1 cuadro de tofu.
1/2 kilo de tomate verde.
1/2 lechuga orejona.
1 manojo mediano de cilantro.
1/2 cebolla blanca mediana.
1 diente de ajo.
Chile jalapeño o serrano verde al gusto.
1 «hoja santa» (opcional)
100 g de pasta de ajonjolí.
1 cucharada de aceite de canola.
Sal al gusto.
Una pizca de clavo, canela y pimienta.

Modo de preparar

Cocer el pollo o puerco con un poco de sal, ajo, cebolla y una rama de apio (opcional).

Se fríe la pepita en el aceite, agregar los ingredientes del mole previamente molidos en la licuadora, cocinar hasta que hierva. Agregar suficiente caldo para un mole con una consistencia un poco más líquida que la deseada y cocinar a fuego lento, moviendo constantemente. Conforme más tiempo se hierva el mole, su sabor mejorará. Al final, agregar la carne.

3. LOS HUESOS Y DIENTES

Gracias a nuestro esqueleto, que trabaja junto con nuestros músculos, permanecemos erguidos y podemos realizar movimientos, así como desplazarnos.

Los huesos del esqueleto están formados por un tejido en constante renovación. En estos funcionan dos procesos acoplados: la reabsorción continua del tejido viejo y la subsiguiente formación de hueso nuevo. La reabsorción necesita aproximadamente 3 semanas, mientras que la construcción de hueso nuevo dura de tres a cuatro meses.

Para mantener la integridad de nuestros huesos durante toda la vida debemos mantener un consumo adecuado de proteínas, calcio y vitamina D.

Nutriente	Función	Su deficiencia provoca	Fuente
Calcio	Disminuye el recambio de hueso y desacelera la pérdida de hueso.	Osteoporosis.	Leche y derivados, pescados de los que se come la espina, los frutos secos y desecados, las legumbres, cereales, ajonjolí y verduras de hojas verdes, tofu.
Vitamina D	Mineralización de los huesos.\n\nIncrementa la absorción de calcio y fósforo en el tracto gastrointestinal y aumenta su reabsorción penal.		Yema de huevo, hígado, lácteos completos o enriquecidos, mantequilla, nata, pescados grasos y, principalmente, síntesis cutánea mediada por la radiación ultravioleta del sol a partir de un precursor que se encuentra en la piel.

Nutriente	Función	Su deficiencia provoca	Fuente
Magnesio	Forma parte de huesos y dientes.	Es muy rara su deficiencia.	
Fósforo	Da fortaleza y flexibilidad a los huesos.	Es muy rara su deficiencia.	Lácteos, carnes y frutos secos, tofu.
Isoflavonas de soja	Incrementa la formación de hueso.		Tofu, miso, leche de soja.

RECOMENDACIONES PARA MANTENER LOS HUESOS SANOS: Mejorar la densidad ósea, minimizar la pérdida de hueso y finalmente prevenir fracturas.

- Cuidar el peso corporal.
- Hacer ejercicio moderado y constante, adecuado para cada persona.
- Exponer a la luz solar cara y brazos de 5 a 10 minutos, 2 a 3 veces por semana, antes de aplicar cremas protectoras.
- Eliminar o reducir el consumo de cafeína y alcohol.
- Dejar de fumar.
- Disminuir el consumo de sal, su consumo excesivo se ha relacionado con la pérdida de calcio.

La actividad física es una de las medidas no farmacológicas más importantes para prevenir la osteoporosis y para mejorar la dureza de los huesos, incrementa el rendimiento muscular, la flexibilidad de las articulaciones.

Dientes sanos

Los dientes están construidos del mismo material que los huesos, pero pueden dañarse con mayor facilidad.

Existen alimentos que nos ayudan a cuidar la salud de nuestra boca, ya que dificultan la aparición de ácidos y bacterias, previniendo con ello su deterioro.

Alimentos para cuidar los dientes

Alimentos ricos en fibra —cereales integrales, legumbres, frutos secos, frutas y verduras— requieren una mayor tarea de masticación y estimulan la producción de saliva, el neutralizador natural de la boca.

Los derivados lácteos aportan el calcio, fósforo y vitamina D, indispensable para la remineralización de huesos y dientes. El magnesio es un mineral que también forma parte de la estructura dental y es abundante en los frutos secos. Hay que evitar los alimentos con mucha sacarosa (azúcar común), que se convierte en ácido que ataca el esmalte de los dientes, preferir el uso de fructosa.

RECETAS

OMELET DE HUEVO CON TOFU
Y CHAMPIÑONES

Ingredientes

1 cuadro de tofu prensado y picado.
3 huevos ligeramente batidos.

1 cucharadita de shoyu (salsa de soja).

1 pizca de azúcar.

1 cucharada de mantequilla, aceite de canola o soja.

3-4 champiñones frescos en tiras delgadas.

1 cebollita de cambray cortada en rodajas delgadas, incluyendo un poco del rabo.

Modo de preparar

Combinar el tofu con los huevos, shoyu y azúcar en un recipiente grande, mezclar perfectamente. Calentar el aceite en una sartén antiadherente. Agregar la cebollita y los champiñones y saltearlos por 3 minutos, hasta que estén tiernos. Agregar la mezcla de tofu y huevo y cocinar a fuego lento. Cuando el omelet tenga la consistencia adecuada, doblarlo y servirlo.

Se puede rellenar con queso rallado y/o cubrir con perejil finamente picado.

BURRITAS DE ESPINACAS Y TOFU

Ingredientes

1 paquete (12) tortillas de harina vegetal.

1 diente de ajo finamente picado.

1/2 cebolla blanca picada.

1 manojos de espinacas picadas, previamente lavadas y desinfectadas.

1 cuadro de tofu exprimido.

Sal y pimienta al gusto.

100 g de queso chihuahua o manchego rallado (opcional).

1 cucharada de aceite vegetal.

Modo de preparar

Calentar el aceite, acitronar el ajo y la cebolla. Agregar las espinacas escurridas, agregar sal y pimienta, dejar que se cocinen a fuego lento, revolviendo durante aproximadamente 3 minutos o hasta que las espinacas estén suaves. Agregar el tofu exprimido y cocinar durante otros 3 minutos. Dejar enfriar. Agregar el queso.

Calentar las tortillas de harina y rellenar con la mezcla de espinacas y tofu. Doblar a la mitad. Freír o asar las burritas. Servir calientes acompañadas de salsa picante al gusto.

CROQUETAS DE TOFU, ATÚN Y PAPA

Ingredientes

1 cuadro de tofu exprimido.
300 g de papas cocidas.
1 lata de atún en aceite o agua, sin líquido.
3 cucharadas de harina integral.
1 huevo batido ligeramente.
50 g de perejil finamente picado.
1 cucharadita de sal.
Pimienta al gusto.

Modo de preparar

Mezclar el tofu con todos los ingredientes, amasar la mezcla con las manos durante aproximadamente 4 minutos. La sal y el amasado dan la consistencia adecuada a las croquetas. Con las manos húmedas formar croquetas de 50 g aproximadamente. Freír de preferencia en freidora a 200 ºC.

PAN FRANCÉS

Ingredientes

1 1/2 taza de tofu.
1 taza de agua.
3 cucharadas de aceite.
1 pizca de sal.
1 cucharadita de vainilla.
2 cucharaditas de azúcar.
8 rebanadas de pan integral.
Aceite de canola para freír.

Modo de preparar

Mezclar los seis primeros ingredientes en la licuadora. Verter la mezcla en un recipiente hondo y sumergir en esta mezcla cada una de las rebanadas de pan antes de freírlas en el aceite de canola caliente.

Dorar por ambos lados. Servir con miel de maple y fruta fresca.

ENSALADA SUPERFIBRA

Ingredientes

1 lechuga orejona.
2 jitomates maduros.

1 cebolla blanca.
4 nopalitos tiernos.
1 pimiento amarillo.
1 aguacate hass maduro.
2 chiles jalapeños verdes (opcional).
2 cucharaditas de ajonjolí tostado o nueces picadas.

Modo de preparar

Lavar, desinfectar y escurrir las verduras. Picar la lechuga en pedazos medianos. Cortar en rodajas la cebolla, el jitomate, chile jalapeño y aguacate. Picar el pimiento en tiras. Cortar los nopalitos en cuadritos pequeños. Colocar los cuadros entre 2 servilletas absorbentes.

Mezclar todos los ingredientes excepto el aguacate, que se agrega al final para no desbaratarlo. Rociar con el ajonjolí y servir con aderezo cremoso de lima-limón.

ADEREZO CREMOSO DE LIMA-LIMÓN

Ingredientes

1/4 de taza de jugo de limón.
1/4 de taza de jugo de lima.
1/2 taza de agua.
1 cuadro de tofu.
2 1/2 cucharaditas de mostaza de Dijon.
1 cucharada de miel.
2 dientes de ajo.
1/2 cucharadita de sal.

Pimienta negra al gusto.
1/2 taza de cilantro picado.

Modo de preparar

Mezclar todos los ingredientes en la licuadora hasta que adquiera un color verde ligero y homogéneo.

4. EL CORAZÓN Y EL SISTEMA CIRCULATORIO

El aparato cardiovascular está constituido por el corazón y el sistema circulatorio: venas y arterias. El corazón bombea ininterrumpidamente la sangre a todo el organismo llevando los nutrientes, hormonas, inmunoglobulinas, etc., y el oxígeno, recogiendo además las sustancias de desecho.

Las enfermedades que afectan a este aparato son las más comunes y peligrosas. La hipertensión (presión arterial alta), el colesterol total sanguíneo y lipoproteínas de baja densidad (LBD) o colesterol «malo» en niveles altos, incrementan el riesgo de infarto o accidentes venosos como trombosis o embolias.

La hipertensión es, a nivel mundial, el principal factor de riesgo de muerte prematura e incapacidad. Esta es una enfermedad crónica y sin síntomas. En el 70 % de los casos se tiene un patrón familiar (predisposición genética) y tiene una prevalencia más alta en adultos mayores.

La hipertensión en muchas ocasiones evoluciona sin presentar síntomas, se ha denominado el «asesino silencioso», pero puede ser prevenida, detectada y controlada. Algunas manifestaciones raras pero peligrosas pueden ser: dolor de cabeza, dificultad para respirar y hemorragias nasales.

Una clasificación de la hipertensión aceptada por varios comités de salud internacionales, junto con las recomendaciones a seguir, es la siguiente:

CLASIFICACIÓN DE HIPERTENSIÓN EN PERSONAS MAYORES DE 18 AÑOS

Nivel de presión sanguínea			
Categoría	Sistólica	Diastólica	Resultados y recomendaciones
Óptima	Menor de 120.	Menor de 80.	Excelente.
Normal	Menor de 130.	Menor de 85.	Bueno, no la descuide.
Normal-alta	130-139.	85-89.	La alimentación puede ser un problema. Modifique su dieta, realice ejercicio y pierda el peso extra.
Hipertensión			
Etapa 1	149-159.	90-99.	Acuda con el médico para el diagnóstico y control de este padecimiento.
Etapa 2	160-179.	100-109.	
Etapa 3	180 o más.	110 o más.	

FUENTES: Instituto de Salud Pública (INSP), México. Biblioteca Virtual en Salud. Hipertensión Arterial. Práctica Médica Efectiva, 1999; National Institute of Health, National Hearth, Lung and Blood Institute. Lowering Blood Pressure, mayo 2000.

COLESTEROL

El colesterol es un tipo de grasa que tiene varias funciones importantes en el cuerpo. Hay dos clases de colesterol: el colesterol de la comida y el colesterol de la sangre. El colesterol de la sangre se produce en el hígado y tiene poca relación con el colesterol de la comida.

El cuerpo elabora, a partir del colesterol de la sangre, algunas hormonas, la bilis y parte de las membranas de las células. El colesterol también puede formarse en la sangre y, cuando se encuentra en exceso, puede producir problemas. A medida que envejecemos, el colesterol que se deposita en las venas y arterias (vasos sanguíneos), junto con otros materiales, forma una capa que hace más angosta la luz de los vasos y los endurece, es lo que se conoce como arteriosclerosis.

Una trombosis se produce cuando un coágulo de sangre se forma en un vaso o dentro del corazón y permanece allí obstruyendo la circulación de la sangre y daña el órgano interesado. Si el coágulo viaja y obstruye un vaso en un lugar diferente donde fue creado, se produce una embolia. Si se obstruye un vaso sanguíneo del corazón, tendremos un infarto.

El colesterol, como no se disuelve en la sangre, requiere de unirse a una proteína para transportarse dentro del cuerpo. Hay dos grupos de estas proteínas que transportan el colesterol: las lipoproteínas de baja densidad (LBD) y las lipoproteínas de alta densidad (LAD).

Las LBD «descargan» colesterol en las células que lo requieren, adhiriéndose a los sitios receptores que producen las propias células cuando hay necesidad de este

nutriente. Cuando las células dejan de producir sitios receptores, el exceso de LBD se queda en la sangre y el colesterol se acumula en las paredes de los vasos sanguíneos, por lo que se le llama colesterol «malo».

Las LAD se conocen como colesterol «bueno» porque reaccionan con el exceso de LBD en los tejidos y vasos sanguíneos y lo llevan al hígado para que sea eliminado.

La mayor incidencia de enfermedades cardiovasculares se presentan en personas con niveles de 240 miligramos de colesterol por decilitro (mg/dl) (6,21 milimoles por litro (mmol/l) o más de 160 miligramos mg/dl (4,13 mmol/l) de LBD.

Los límites peligrosos de estas lipoproteínas son de 200 a 239 mg/dl de colesterol (5,17 a 6,18 mmol/l) y de 130 a 159 mg/dl (3,36 a 4,11 mmol/l) de LBD.

La recomendación de la Food and Drug Administration (Administración de Alimentos y Medicamentos de Estados Unidos) es consumir 300 mg o menos colesterol por día.

La evidencia científica indica que dietas ricas en grasas saturadas y colesterol están asociadas con un aumento en los niveles de colesterol total y de colesterol LDL y, por lo tanto, con el incremento del riesgo de una enfermedad cardiovascular.

Asimismo, se ha comprobado que dietas bajas en grasas saturadas y colesterol disminuyen este riesgo. Además, otras investigaciones científicas demuestran que la adición de proteína de soja a este tipo de dietas puede ayudar a reducir el riesgo de enfermedades cardiacas.

En octubre de 1999 la FDA aprobó una leyenda que puede emplearse en los alimentos hechos a base de

soja, avalando los beneficios sobre la salud del corazón. La agencia revisó 27 investigaciones que demos-
traron el efecto de la proteína de soja para reducir el
nivel de colesterol total y las lipoproteínas de baja densidad —LBD— o colesterol «malo».

Los fabricantes de alimentos de soja pueden usar la
siguiente leyenda (o una ligera variación): «25 gramos
de proteína de soja al día, como parte de una dieta baja
en grasas saturadas y colesterol, pueden reducir el riesgo de enfermedades cardiacas».

Para poder usar la leyenda aprobada, cada porción
de alimentos deben cumplir con las siguientes especi-
ficaciones:

- Contener 6,25 g de proteína de soja.
- Ser bajo en grasa (menos de 3 g).
- Ser bajo en grasas saturadas (menos de 1 g).
- Tener bajo colesterol (menos de 20 ml).
- Valores de sodio menores de 480 ml para alimentos
  individuales, menos de 720 ml si se considera como
  plato fuerte y menos de 960 ml si se considera
  como una comida completa.

Los alimentos producidos con soja entera, como el tofu,
califican para llevar esta leyenda si no tienen más grasa
que la presente de forma natural en la semilla completa.

El objetivo primordial de una dieta para mantener
un sistema cardiovascular sano es disminuir los niveles
de LBD, lo que se puede lograr con una dieta sana, evitando el exceso de las grasas saturadas y los alimentos
que tienen altas concentraciones de colesterol (productos de origen animal).

Las grasas no deben suprimirse de la dieta, pero debemos vigilar el tipo de grasa que ingerimos. Algunas son esenciales, es decir, que el cuerpo no las puede sintetizar por sí mismo y por lo tanto debemos tomarlas de la dieta.

Tipo de grasa	División	Subdivisión	Función	Fuente
Saturadas			Estimulan al hígado a producir LBD.	Manteca, mantequilla, crema y nata de leche, carnes grasas, piel de las aves y los aceites de coco y palma.
Insaturadas	Mono-insaturadas			Aceite de oliva, aceite de colza, aceite de cacahuete, aguacates, frutos secos y semillas.
	Poli-insaturadas	Omega 3	Reducen las LBD.	Aceites de pescados grasos (sardinas, salmón y macarela), pueden comerse libremente.
		Omega 6		Aceites de granos y semillas (cártamo, girasol, canola). Se pueden comer con moderación el aceite de soja, pues contiene 51 % de Omega 6 y 7 % de Omega 3. Tofu, leche de soja.
		Ácidos grasos Trans	Elevan LBD y se cree que disminuyen las LAD	Aceites hidrogenados, margarinas, mantecas vegetales. Se recomienda ingerirlas lo menos posible.

IMPORTANTE PARA LA SALUD DEL CORAZÓN

La mantequilla es la grasa de la leche en su componente mayoritario (80 % como mínimo). La margarina, como la mantequilla, debe tener un mínimo de 80 % de grasas, que pueden ser de origen animal o vegetal.

Minarían es un término aceptado internacionalmente para un producto con un contenido de grasas o aceites de origen animal o vegetal del 39 al 41 %. Lee las etiquetas de los productos para saber, de acuerdo con sus ingredientes, si aportan o no colesterol a tu dieta, así como la cantidad de grasa que contienen. Evita los aderezos a base de aceites.

Come de una o dos porciones por día de carne, pollo o pescado, o sus alternativas de proteínas vegetarianas, como tofu, leguminosas, lácteos y sus derivados.

Quita la grasa visible de la carne y la piel del pollo.

Consume 200 ml de leche o yogur por día, o, en su caso, 30 g de queso bajo en grasa. Si tienes que consumir comida «rápida» o frita, hazlo solo una vez por semana.

Evita las comidas frecuentes con alimentos grasosos, fritos o que hacen engordar.

Se ha demostrado que el licopeno, el pigmento rojo que se encuentra en los jitomates y pimientos rojos, es un muy buen antioxidante, más potente incluso que el betacaroteno en la prevención de enfermedades cardiacas. Se desprende durante la cocción de la comida, por lo que los platos con salsa de jitomate cocido son muy recomendables.

Incrementa tu actividad física.

RECUERDA: Consume 25 g de proteína de soja al día, que equivale a 2 1/2 tazas de leche de soja o 225 g de tofu o 1 taza de proteína de soja.

RECETAS

BRÉCOL CON CACAHUETES Y TOFU

Ingredientes

2 cuadros de tofu prensado.
Ajo en polvo.
2 cucharadas de shoyu (salsa de soja).
450 g de brécol.
2 cucharadas de aceite de oliva.
1 cebolla mediana cortada en cubos.
2 tallos de apio cortado en medias lunas.
175 g de cacahuetes sin sal.
2 cucharaditas de maicena.
1 cucharada de shoyu (salsa de soja).
120 ml (1/2 taza) de agua.
Chile de árbol seco picado al gusto (opcional).

Modo de preparar

Cortar los 2 cuadros de tofu prensado en tiras de 2 x 3 cm y 1/2 cm de ancho. Marinar con la mezcla de ajo y shoyu por lo menos 1 hora.

Poner un recipiente con agua y un poco de sal a hervir. Pelar y cortar el brécol. Cuando el agua esté hirviendo, agregar el brécol y cocinar a fuego medio hasta que esté al dente. Escurrir y cubrir con agua fría. Volver a escurrir y reservar.

Tostar ligeramente los cacahuetes en una sartén sin aceite durante 5 minutos a fuego medio. Reservar.

Freír las tiras de tofu en el aceite de oliva muy caliente. Colocarlas una por una y voltearlas una sola vez, cuando estén doradas por cada lado. Sacarlas de la sartén y reservar.

Disolver la maicena en el agua, agregar el shoyu.

En el aceite que quedó, sofreír la cebolla y apio hasta que la cebolla esté transparente. Agregar el brécol, el tofu y los cacahuetes. Revolver con cuidado. Agregar la mezcla de maicena y chile. Continuar cocinando a fuego medio durante 5 minutos.

Servir sobre arroz cocido al vapor o pasta.

TOFU CON PIMIENTOS
(«Hot tofu», receta de *De la Carbajal*)

Ingredientes

2 cuadros de tofu prensado cortado en tiras de 2,5 x 1 cm.
2 dientes de ajo crudo y ajo en polvo.
3 cucharadas de aceite de oliva.
1 cebolla morada mediana cortada en tiras.
1 cebolla blanca mediana cortada en tiras.
2 pimientos rojos cortados en tiras.
2 jitomates medianos cortados en tiras.
150 g de champiñones rebanados.
2-3 cucharadas de shoyu (salsa de soja).
Cilantro picado.

Modo de preparar

Espolvorear el tofu con suficiente sal de ajo. Freír el tofu en aceite de oliva. Sacar de la sartén y reservar. Acitronar la cebolla blanca y la morada, los pimientos y ajo picado. Cuando los pimientos estén suaves, agregar el jitomate y los champiñones. Agregar el shoyu y cocinar a fuego lento durante de 10 minutos. Finalmente, añadir el tofu frito. Mezclar, dejar a fuego lento otros cinco minutos. Servir adornado con cilantro picado.

CHILES POBLANOS RELLENOS DE TOFU

Ingredientes

4 chiles poblanos medianos.
Vinagre blanco al gusto.
3 cuadros de tofu «revuelto» (técnica básica n.º 5).
2 elotes tiernos.
2 cebollas grandes.
2 cucharadas de epazote.
1 taza de leche de soja o leche de vaca descremada.
Crema de leche al gusto.
Sal y pimienta al gusto.
Crema agria de tofu.

Modo de preparar

Quemar la piel a los chiles a fuego directo y ponerlos a «sudar» dentro de una bolsa de plástico. Dejarlos reposar.

Desgranar el elote y cocinarlo con la leche, con un poco de sal y epazote picado finamente. Colocar a fuego lento hasta que los granos estén suaves.

En una sartén, acitronar la cebolla con el ajo en aceite de oliva, agregar el tofu «revuelto» y elote cocido. Rectificar la sazón con sal y pimienta al gusto. Cocinar durante aproximadamente 3 minutos.

Aparte, poner a hervir 2 tazas de agua con sal y un chorrito de vinagre en un recipiente.

Pelar y abrir por un lado los chiles, retirar las semillas y desvenarlos; lavar perfectamente y agregarlos al agua hirviendo, retirar del fuego una vez que vuelva a hervir.

Escurrir los chiles y rellenarlos con la mezcla de tofu. Cerrar cada chile con un palillo.

En una sartén poner aceite de olivo y acitronar las rodajas de cebolla al gusto, agregar una pizca de sal. Apartar la cebolla y freír en el aceite los chiles.

Colocar en una fuente los chile ya fritos, bañar con crema agria de tofu (ver receta) al gusto y adornar con la cebolla frita.

ENSALADA DE ATÚN Y TOFU

Ingredientes

1 cuadro de tofu escurrido.
1 lata de atún.
1/2 taza de apio picado.
1/4 taza de cebolla picada.
1/2 taza perejil picado.

2/3 taza de aderezo italiano (ver receta abajo).
Sal y pimienta.
Hojas de lechuga lavadas y desinfectadas.

Modo de preparar

Mezclar el tofu con el atún con un tenedor hasta acremar, mezclar los vegetales y el aderezo. Sazonar al gusto con sal y pimienta. Servir sobre una cama de lechuga.

MOUSSE DE GUANÁBANA

Ingredientes

1 taza de pulpa de guanábana.
1 lata de leche evaporada.
20 g de gelatina sin sabor.
2 cuadros de tofu.
1 cucharadita de ralladura de limón.
1/4 de taza de jugo de limón.
1 pizca de sal.
1/2 taza de azúcar (ajustar dependiendo de lo dulce de la guanábana).
1/4 de taza de agua más 5 cucharadas.

Modo de preparar

Vaciar la leche evaporada en un recipiente para batir grande. Meter a congelar la leche durante 3 horas por lo menos o hasta que se empiecen a ver cristales de hielo.

Hidratar la grenetina con 5 cucharadas de agua fría.

Calentar el agua; cuando esté muy caliente, disolver la grenetina hidratada. Dejar enfriar.

Moler en la licuadora durante 1 minuto la pulpa de guanábana con el tofu, sal, jugo y ralladura de limón, y agregar después la mezcla de gelatina. Reservar.

Procesar con la batidora eléctrica a alta velocidad la leche congelada hasta que esponje y duplique su volumen. Agregar cucharada a cucharada el azúcar, batiendo en cada adición hasta deshacer. Agregar poco a poco la mezcla de guanábana. Rectificar el dulzor y agregar más azúcar si fuera necesario. Recordar que después de enfriar baja un poco lo dulce.

Vaciar en un molde para gelatina o en moldes individuales. Refrigerar hasta cuajar. Servir frío adornado con hojas de menta fresca (opcional).

5. SISTEMA HORMONAL

Las hormonas son sustancias fabricadas por las glándulas endocrinas, que al llegar al torrente sanguíneo activan diversos mecanismos y ponen en funcionamiento ciertos órganos.

Las hormonas pertenecen al grupo de los mediadores o mensajeros químicos que controlan las funciones básicas del cuerpo, tales como el metabolismo, el crecimiento y el desarrollo sexual.

Diabetes

El páncreas forma parte del sistema endocrino, secreta insulina y glucagón, que afectan la absorción de la glucosa en el cuerpo, nuestra fuerte principal de energía.

Normalmente, la glucosa se produce cuando el aparato digestivo «rompe» los carbohidratos complejos. Las células requieren de la insulina para absorber la glucosa. En los diabéticos, la insulina natural puede estar presente, pero las células no la reconocen como tal y no pueden absorber la glucosa.

La diabetes es una enfermedad que aumenta el riesgo de padecer enfermedades cardiacas (hipertensión, arteriosclerosis y enfermedades coronarias y vasculares) y obesidad; además, puede traer consecuencias como retinopatía (cambios en las arterias de la retina del ojo, que hace la visión borrosa y puede llegar a causar ceguera) y neuropatía (deterioro de la función de la fibra nerviosa, especialmente en los dedos e incluso las manos). Por todo esto es muy importante el control médico y el cuidado de la alimentación.

Existen investigaciones en que se ha demostrado que el consumo de soja ayuda al control de los niveles de azúcar en la sangre. La proteína de soja es rica en aminoácidos, glicina y arginina, que tienden a disminuir los niveles de glucosa en la sangre. En contraste, las proteínas animales son bajas en estos dos aminoácidos y tienen mayores concentraciones de lisina, lo cual tiende a incrementar la glucosa de la sangre y promueve la síntesis de colesterol.

Los alimentos de soja son bajos en colesterol y con pocas calorías, que son ventajas para el control de peso y la obesidad. Además, la proteína de soja es de alta calidad y no estimula la sobrefiltración en el riñón y reduce las LBD de la sangre. Lo que ayuda a prevenir complicaciones como la neuropatía (daño del riñón).

En el caso de las personas diabéticas, sus dietas deben estar personalizadas y supervisadas por un médico y/o un nutriólogo, ya que cada caso es especial por las patologías asociadas, el tipo de diabetes, la edad y el sexo del paciente.

RECETAS

CHOP SUEY DE TOFU
(De www.informationaboutdiabetes.com)

Ingredientes

1 cuadro de tofu prensado.
2 cucharadas de aceite de canola o soja.
1/4 taza de caldo de pollo.
1/4 cucharadita de jengibre en polvo.
1 pimiento rojo en tiras.
1 cebolla pequeña picada grueso.
1 1/2 taza de germinado de soja.
1 cucharada de shoyu.
Sal y pimienta al gusto.

Modo de preparar

Cortar el tofu en tiras. Calentar el aceite, agregar 2 cucharadas del caldo de pollo y el jengibre. Agregar el apio, cebolla y pimiento. Cocinar a fuego medio durante 3 minutos, revolviendo ocasionalmente. Añadir el germinado y continuar cocinando 1 minuto más.

Agregar el resto del caldo, shoyu y tofu. Mezclar suavemente y continuar cocinando hasta que las verduras estén tiernas y crujientes y el líquido se haya evaporado. Rectificar la sazón con sal y pimienta.

ALBÓNDIGAS DE TOFU BAJAS EN GRASA

Ingredientes

1 cuadro de tofu escurrido y machacado.
1/2 taza de germen de trigo.
1/2 taza de perejil picado.
1 cucharada de shoyu.
1 cucharadita de cebolla en polvo.
1/2 cucharadita de ajo en polvo.
1/4 cucharadita de pimienta negra.
1/4 cucharadita de orégano.
Aceite en *spray*.

Modo de preparar

Precalentar el horno. Mezclar todos los ingredientes juntos. Engrasar una bandeja para hornear con el aceite en *spray*. Formar las albóndigas como de 5 cm de diámetro y acomodarlas en la bandeja. Hornear aproximadamente 30 minutos o hasta que doren. Voltear las albóndigas con cuidado cada 10 minutos.

LICUADO DE FRESA Y TOFU
(De www.diabetes.about.com)

Ingredientes

> 2 cuadros de tofu.
> 450 g de fresas frescas o congeladas.
> 1/2 taza de jugo de manzana concentrado muy frío.
> 1/4 de taza de yogur bajo en grasas.
> 1 cucharada de miel (opcional).

Modo de preparar

Licuar el tofu con las fresas, agregar el jugo de manzana, yogur y miel (opcional). Procesar durante 1 a 2 minutos. Servir inmediatamente o transferir a un recipiente con tapa, cubierto y enfriar.

GELATINA DE PIÑA CON TOFU

Ingredientes

> 1 cuadro de tofu.
> 1 cucharada de jugo de limón.
> 1 paquete de chico de gelatina de piña *light*.
> 2 paquetes de edulcorante sin calorías.
> 1 taza de agua.

Modo de preparar

Poner a hervir el agua, disolver ahí el paquete de gelatina. Dejar enfriar por lo menos 20 minutos.

En la licuadora mezclar hasta homogenizar el tofu con el jugo de limón y el edulcorante. Agregar la mezcla de gelatina fría. Vaciar en moldes individuales y refrigerar hasta cuajar.

JÍCAMAS Y ZANAHORIAS CON ADEREZO CREMOSOS DE TOFU Y MISO
(De *The Book of Miso*)

Ingredientes

1 taza de jícama en tiras para botana.
1 taza de zanahorias tiras para botana.
6 tallos de apio cortado en tiras.
1 taza de aderezo cremoso de tofu y miso.

ADEREZO CREMOSO DE TOFU Y MISO

Ingredientes

1 cuadro de tofu.
2 cucharadas de vinagre blanco.
2 cucharadas de aceite vegetal.
1 cucharada de miso.
1/2 cucharadita de *curry* en polvo.
2 cucharaditas de cebollín finamente picado.

Modo de preparar

Combinar perfectamente todos los ingredientes en la licuadora. Vaciar en un tazón y dejar reposar por lo menos 15 minutos. Adornar con perejil picado (opcional).

Colocar en una bandeja las verduras alrededor del tazón con el aderezo.

REGULADORES HORMONALES

Los estrógenos son cualquier hormona de la familia de los esteroides que regulan y sustentan el desarrollo sexual femenino y las funciones reproductivas. Intervienen en la proliferación celular (aumento del número de células) de senos y útero, promueven el crecimiento del tamaño celular (senos y músculos).

Los estrógenos, aunque son producidos por ovarios y testículos, son conocidos como hormonas femeninas. Influyen en el crecimiento, desarrollo y comportamiento. Afectan el aparato genitourinario, los ciclos reproductivos y otras partes del cuerpo como los huesos y la producción de colesterol por el hígado.

LOS FITOESTRÓGENOS DEL TOFU

Los fitoestrógenos son un grupo de sustancias procedentes de varias especies vegetales, que se caracterizan por tener cierta actividad estrogénica. Se encuentran especialmente en cereales, legumbres y hortalizas; sin embargo, la soja es la fuente más abundante.

En los últimos años han aumentado rápidamente las publicaciones científicas sobre los efectos de los fitoestrógenos. Algunas conclusiones señalan que su administración reduce enfermedades crónicas como enfermedades coronarias, la arteriosclerosis, hipercolesterolemia (colesterol alto), algunos tipos de cáncer (seno y próstata), osteoporosis y la sintomatología climatérica.

SOJA Y TERAPIA DE REEMPLAZO HORMONAL

La terapia de reemplazo hormonal (THR) es un tratamiento farmacológico con un medicamento que contiene una o más hormonas femeninas; por lo general, estrógenos más progestina (progesterona sintética), que se da a mujeres menopáusicas. Algunas mujeres reciben terapia de solo estrógenos; por lo general, son mujeres a las que se les ha extirpado el útero.

La THR se utiliza con frecuencia para tratar los síntomas de la menopausia como «sofocos», sequedad vaginal, alteración del humor, trastornos del sueño y disminución del deseo sexual. Estos medicamentos se pueden suministrar en forma de píldora, parche o crema vaginal.

Sobre la base de estudios preliminares, muchos médicos creían que la THR podía ser benéfica para reducir el riesgo de enfermedad cardiaca y fracturas óseas provocadas por la osteoporosis (adelgazamiento de los huesos), además de tratar los síntomas propios de la menopausia. Los resultados de un nuevo estudio denominado «Iniciativa por la Salud de la Mujer» *(Women's Health Initiative, WHI)* llevaron a los médicos a revisar su recomendación de la THR.

En julio de 2002 un estudio del *WHI*, que investigaba clínicamente el uso de estrógeno y progestina en 17.000 mujeres que conservaban el útero, se interrumpió prematuramente, debido a que los riesgos de salud

superaban a los beneficios. La razón principal para
detener el estudio del uso de la combinación estrógeno-
progestina fue un incremento de 26 % en el cáncer de
mama.

El WHI ha enfocado aún más su atención a la soja
debido a que millones de mujeres abandonarán la THR
y buscarán alternativas para el alivio de los síntomas
menopáusicos, la prevención de enfermedades cardiacas y osteoporosis, enfermedades cuya incidencia
aumenta en las mujeres después de los 50 años de edad.

La soja se ve como la alternativa para la THR, en
gran parte porque es la única fuente dietaria natural de
isoflavonas, con la ventaja de que las evidencias científicas apuntan a que la soja no tiene los efectos inde-
seables de la THR y sí algunas de sus ventajas.

Son varios los estudios que se han realizado para
valorar el papel que tienen los fitoestrógenos en la disminución de la incidencia de sofocos en la mujer
menopáusica. Los diferentes ensayos clínicos, aleatorios
y doble ciego, con un número reducido de pacientes,
han demostrado que dosis diarias de isoflavonas entre
50 y 76 mg (60 g/día de proteína de soja) disminuyen
la incidencia de oleadas de calor a las seis semanas de
tratamiento entre el 33 y 45 % de las pacientes.

PROTECCIÓN CARDIOVASCULAR

Hoy se sabe que los fitoestrógenos actúan modifi-
cando favorablemente el riesgo cardiovascular a nivel
del perfil lipídico, debido a su actividad antioxidante y
a su efecto directo a nivel vascular.

OSTEOPOROSIS

Los datos obtenidos en estudios experimentales en humanos muestran algún efecto protector sobre la masa ósea por parte de las isoflavonas. Un estudio publicado por Alkel; demuestra que una dosis de isoflavonas de 80 mg —4 mg al día durante 24 semanas— disminuyó la pérdida de masa ósea en la columna y mejoró los marcadores de metabolismo óseo.

FITOESTRÓGENOS Y CÁNCER

Así como en los últimos años los estudios epidemiológicos han sugerido que el consumo de soja se relaciona con una menor incidencia de algunos de los síntomas de la menopausia, también se ha hecho mención de la relación que tienen los fitoestrógenos en la protección de ciertos tipos de cáncer como el de mama, endometrio, ovario, próstata y colon.

La incidencia de estos tipos de cáncer es menor en Asia y Europa del Este que en países occidentales. Los emigrantes asiáticos que mantienen su dieta tradicional presentan menos estas enfermedades, pero cuando adoptan los cambios dietarios típicos del país donde viven aumenta el riesgo de adquirirlas.

Además de los fitoestrógenos, la soja contiene por lo menos otros cuatro agentes anticancerígenos conocidos y otros cuatro que posiblemente lo sean: ácidos fenólicos, lecitina y ácidos grasos Omega 3.

Aunque actualmente se encuentran en el mercado fitoestrógenos como la soja (isoflavonas) purificados y concentrados bajo la presentación de cápsulas, por varias razones, los expertos de la FDA y particulares no recomiendan su consumo, por lo que recomiendan el consumo de los alimentos naturales a base de soja. Primero, no está determinada ni comprobada la cantidad de isoflavonas que se requieren para disminuir el riesgo de enfermedades. Segundo, las isoflavonas no son los únicos fitoquímicos biológicamente activos presentes en la soja, todos los que lógicamente no están en las cápsulas, independientemente de los demás nutrientes, como proteína, calcio, hierro, etc., y no nutrientes, como fibra presentes en la soja; y, por último, hay menos probabilidades de tener alergia u otro fenómeno adverso al consumir un alimento completo que con un compuesto purificado y concentrado.

Consejos para incrementar el consumo de fitoestrógenos:

- Agregar tofu picado a las recetas que llevan queso fresco.
- Preparar y usar mayonesa y crema agria de tofu.
- Sustituir 1/3 de la cantidad de carne molida o pollo por tofu exprimido en tus recetas preferidas de hamburguesas, albondigones, croquetas o albóndigas.
- Agregar cubitos de tofu a sopas y guisados con caldo o salsas.
- Probar e introducir poco a poco otros alimentos de soja como leche, miso (pasta fermentadas de arroz y soja), ague (tofu frito).

RECETAS

ENSALADA DE MANZANA CON ADEREZO SALADO DE TOFU

Ingredientes

>   3 manzanas starkin o perones «golden», lavadas y
>   desinfectadas, cortadas en cubitos (sin pelar).
>   1 cuadro de tofu.
>   1/2 taza de leche de soja natural o agua.
>   1 tallo de apio finamente picado.
>   30 g de almendras peladas.
>   1 cucharadita de caldo de pollo en polvo.

Modo de preparar

Moler en la licuadora el tofu con la leche, almendras y caldo de pollo. Colocar los cubitos de manzanas en una ensaladera, mezclar con el apio picado y bañar con el aderezo de tofu.

SOPA DE MISO, TOFU Y AGUE

Ingredientes

El miso es un producto fermentado de soja y arroz integral muy rico en isoflavonas (60 mg), que además contiene todos los aminoácidos esenciales en cantidades adecuadas.

>   2 tazas de caldo de pollo o agua.
>   1 cebollita de cambray con tallo rebanada en rodajas.

3 cucharadas de miso.

1 cuadro de tofu cortado en cubitos de 1 cm.

2 rebanadas de ague (tofu frito sin sabor) cortado en juliana.

Modo de preparar

Poner a hervir el caldo o agua adicionada de caldo de pollo en polvo, añadir la cebollita picada, reducir el fuego y cocinar durante 4-5 minutos; agregar los cubitos de tofu y las tiras de ague, dejar que vuelva a hervir, añadir el miso colocándolo en una coladera metálica sumergida en el caldo y moviendo con una cuchara para facilitar su disolución. Apagar y servir caliente.

TOFU ESTILO COREANO

Ingredientes

1 cuadro de tofu escurrido.

Aceite vegetal.

1/4 taza de shoyu.

1 1/2 cucharadas aceite de ajonjolí.

1 cucharada splenda.

1 diente de ajo picado.

1 cucharada de ajonjolí.

1 charadita de chile.

2 cebollitas finamente picadas.

Modo de preparar

Precalentar el asador. Cortar el tofu en rebanadas; engrasar ligeramente una bandeja para hornear. Colocar una capa de rebanadas de tofu en la cacerola. Con una brocha barnizar la parte superior de las rebanadas de tofu. Cocinar hasta que el tofu esté ligeramente dorado. Voltear las rebanadas y dorar por el segundo lado.

En un recipiente grande, mezclar la salsa de soja, aceite de ajonjolí, splenda, ajo y chile. Calentar la mezcla de soja a fuego medio hasta hervir. Agregar el tofu con cuidado en una sola capa. Reducir a fuego lento y cocinar durante 3 minutos, bañando el tofu con la mezcla. Adornar con la cebollita picada y servir.

ATSUAGUE CON SALSA DE CHILE DE ÁRBOL Y SHOYU

Ingredientes

   1 cuadro de atsuague (cuadro de tofu frito a alta temperatura) a temperatura ambiente y cortado en cubos.
   3 cucharadas de salsa de soja.
   3 cucharadas de vinagre blanco.
   1 diente de ajo picado semigrueso (como para «mojo de ajo»).
   1/4 cebolla blanca mediana finamente picada.
   1 cucharadita de aceite de oliva.
   1/2 cucharadita de chile de árbol seco.

Modo de preparar

   Dorar la cebolla, ajo y chile de árbol en el aceite. Cuando el ajo esté crujiente, retirar de la lumbre y agregar el shoyu y el vinagre.

Bañar el atsuague con la salsa fría. Servir como botana.

PIE DE CHOCOLATE Y ALGARROBO

Ingredientes

Costra:
1 taza de granola.
2 cucharadas de miel.
2 cucharadas de jugo de limón.
2 cucharadas de aceite vegetal.

Modo de preparar

Precalentar el horno a 350 °C. Colocar el aceite en el fondo de un molde para pie. Agregar la granola, miel y jugo de limón. Mezclar todo perfectamente. Formar una capa en el fondo y orillas del molde, apretando perfectamente la mezcla. Hornear durante 15 minutos. Enfriar.

Para el relleno:
3 cuadros de tofu.
3/4 de taza de azúcar.
1/4 taza de cocoa sin azúcar.
1/4 taza de algarrobo (se puede sustituir por más cocoa).
1 cucharadita de vainilla.
1/2 taza de aceite.
1/4 de taza (o la necesaria) de leche de soja sabor chocolate.
Leche de vaca descremada.

Modo de preparar

En la licuadora mezclar todos los ingredientes, excepto la leche, que se agregará poco a poco y solo la suficiente para poder unir perfectamente todos los ingredientes.

Verter la mezcla en la costra fría y emparejarla. Refrigerar por lo menos dos horas.

6. ALERGIAS ALIMENTICIAS

El sistema inmunológico del organismo por lo general responde a la presencia de toxinas, bacterias o virus mediante la producción de una reacción química para luchar contra estos invasores. Sin embargo, algunas veces este sistema reacciona contra sustancias benignas comunes, como alimentos o polen, a los cuales se ha sensibilizado. Esta reacción exagerada puede causar síntomas que pueden ir desde leves (urticaria) hasta severos (choque anafiláctico).

Alergias a los alimentos: Son los síntomas que se desarrollan debido a una exagerada respuesta inmune desencadenada por ciertos alimentos.

La causa de las alergias a los alimentos no se ha comprendido totalmente, debido a que pueden producir una gran variedad de síntomas y su incidencia es difícil de evaluar, dado lo esporádico de sus reportes. Las reacciones a los alimentos pueden variar de leves a mortales, dependiendo del tipo y severidad de la reacción, así como también de la cantidad de alérgeno ingerido accidentalmente.

Aunque los síntomas de la intolerancia a los alimentos son comunes, la verdadera alergia a los alimentos es menos común. Una alergia a los alimentos se distingue de la intolerancia a los alimentos y otros trastornos por la producción de anticuerpos y la liberación de histamina y sustancias similares. La intolerancia a los alimentos se debe a la falta de enzimas digestivas.

En la alergia, el sistema inmune produce anticuerpos y sustancias que incluyen histamina en respuesta a la ingestión de un alimento o componente alimenticio particular. Los síntomas pueden estar localizados en el estómago e intestinos o pueden comprometer muchas partes del cuerpo, después de que el alimento es digerido o absorbido, y generalmente comienzan de inmediato, rara vez después de 2 horas de ingerirlos.

Los alimentos que con más frecuencia producen mala absorción u otros síndromes de intolerancia son:

- Trigo y otros granos que contienen gluten.
- Leche de vaca [intolerancia a la lactosa (leche) e intolerancia a productos lácteos].
- Productos a base de maíz.

INTOLERANCIA A LA LACTOSA

Es la incapacidad para digerir la lactosa, un tipo de azúcar que se encuentra en la leche y otros productos lácteos, causada por una deficiencia de la enzima lactasa. La intolerancia a la lactosa se presenta cuando el intestino delgado no produce cantidades suficientes de lactasa.

El organismo de los bebés produce esta enzima de tal forma que pueden digerir la leche, incluyendo la leche materna. Antes que los seres humanos se convirtieran en granjeros y procesaran productos lácteos, la mayoría de las personas no consumía leche en su vida, de tal manera que no producían lactasa después de las primeras etapas de la infancia.

La intolerancia a la lactosa puede comenzar en diversos momentos en la vida. En los caucásicos, generalmente comienza a afectar a los niños mayores de cinco años; mientras que en los afroamericanos, la condición se presenta a menudo a los dos o tres años de edad.

Las personas con intolerancia a la lactosa que han ingerido productos lácteos pueden desarrollar síntomas como la distensión abdominal, exceso de gases intestinales, náuseas, diarrea y calambres abdominales.

La intolerancia a la lactosa no es peligrosa y es muy común en los adultos, pero puede presentarse en bebés prematuros. Los bebés a término no muestran signos de esta condición hasta que tienen al menos tres años de edad.

La eliminación de la leche de la dieta puede causar una deficiencia de calcio, vitamina D, riboflavina y proteínas; por lo tanto, es necesario un sustituto de la leche. Las fórmulas de soja son sustitutos adecuados para los bebés menores de dos años, mientras que para los niños que empiezan a caminar, la leche de soja o de arroz son buenas alternativas.

Los niños mayores pueden consumir también leche de vaca tratada con lactasa.

RECETAS

HELADO DE TOFU

Ingredientes

3 cuadros de tofu, muy fríos.
3 cucharadas de miel.
1/4 cucharada de extracto de vainilla natural.
1/8 cucharadita de sal.
2 cucharaditas de almendras o nueces picadas.
2 cucharaditas de chispas de chocolate.

Modo de preparar

Mezclar durante 1 minuto el tofu, la miel, la vainilla
y sal en la licuadora. Agregar las nueces o almendras y
las chispas de chocolate. Colocar la mezcla en un recipiente y meterla el congelador. Mezclar muy bien cada
media hora. Después de hacer tres veces ese procedi-
miento, la mezcla debe tener la consistencia de un hela-
do suave. Dejarlo endurecer más si se desea, mante-
niéndolo en el congelador ya sin mezclar.

PIE DE «QUESO»

Precalentar el horno a 190 °C.

Ingredientes

Para la costra:

1 taza de granola.

2 cucharadas de miel.
2 cucharadas de jugo de limón.
2 cucharadas de aceite.

Modo de preparar

Mezclar 3/4 de taza de granola con la miel y el limón. Colocar el aceite en un molde de pie, agregar la mezcla de granola y presionarla en el fondo y las orillas del molde.

Para el relleno:

5 cuadros de tofu.
1 taza de azúcar.
1/4 taza de jugo de limón.
1/4 taza de aceite de canola o soja.
1/2 taza de miel.
1 pizca de sal.

Modo de preparar

Mezclar todos los ingredientes del relleno en la licuadora y vaciarlo sobre la «costra», espolvorear con el resto de la granola y hornear durante aproximadamente 40 minutos o hasta que empiecen a parecer pequeñas cuarteaduras en la superficie del pie. Dejar enfriar por lo menos 6 horas o toda la noche.

LASAÑA CON TOFU
(Un plato italiano con un nuevo sabor)

Ingredientes

225 g de lasaña cruda o un paquete de lasaña precocida.
2 cuadros de tofu revuelto (técnica n.º 5) o exprimido.
2 manojos de espinacas.
1 cebolla mediana (1/2 para el relleno y 1/2 para la salsa).
2 dientes de ajo (1 para el relleno y uno para la salsa).
2 cucharadas de apio picado.
2 tazas de puré de tomate enlatado.
1/2 taza de agua.
Sal y pimienta al gusto.
Crema ácida de tofu.

Modo de preparar

Cocer la lasaña en agua con sal, cebolla, hierbas de olor y un poco de aceite hasta que esté al dente o emplear lasaña precocida.

Para el relleno: Picar finamente el ajo y la cebolla, acitronarlos en mantequilla o aceite de oliva, agregar las espinacas lavadas, desinfectadas y picadas en trozos de aproximadamente 5 cm. Agregar el tofu «revuelto», sazonar al gusto con sal y pimienta. Cocinar hasta que las espinacas estén cocidas. Reservar.

Para la salsa: Picar finamente la cebolla, el ajo y el apio. Freír en aceite de oliva hasta acitronar la cebolla, agregar el puré de tomate y agua, rectificar la sazón y hervir durante 3 minutos.

Precalentar el horno a 150 ºC.

En un refractario engrasado colocar una capa de salsa, una capa de pasta y una capa del relleno, alternando hasta terminar con una capa de pasta y salsa. Cubrir con crema ácida de tofu (ver receta). Hornear durante 25 minutos tapado con papel aluminio y 25 minutos destapado.

Variaciones: Puede agregar al relleno champiñones u otra verdura al gusto.

YOGUR DE TOFU

Ingredientes

1 cuadro de tofu.
1 plátano congelado (pelarlo antes de congelar).
1 plátano fresco.
1 cucharada de miel o fructosa.
1 taza de jugo de fruta a tu elección.

Modo de preparar

Mezclar todo en la licuadora y servir frío.

PASTEL DE PAPA

Ingredientes

1 kg de papa rallada.
1 cucharadita de sal.
1/4 cucharadita de pimienta negra.
2 cucharadas de aceite de oliva.

Para el relleno:

2 cucharaditas de aceite de oliva.
1 pimiento rojo cortado en cubitos.
1 cebolla mediana picada en cubitos.
2 cuadros de tofu exprimido.
1 cucharadita de shoyu
Sazonar al gusto.

Modo de preparar

Precalentar el horno a 200 °C. Preparar el relleno. Calentar el aceite de oliva, agregar el pimiento y la cebolla, cocinar aproximadamente 15 minutos hasta que el pimiento esté suave y la cebolla ligeramente dorada. Agregar el tofu y el shoyu y sazonar. Mezclar y cocinar durante 3 minutos más. Enfriar.

Mientras se cuece el relleno preparar la cubierta de papa. Lavar las papas perfectamente, rallarlas con todo y cáscara. Secar con una toalla absorbente la papa rallada, colocarla en un recipiente hondo, mezclarla perfectamente con la sal y pimienta.

Usar una sartén antiadherente y que se pueda meter al horno.

Calentar 1 cucharada de aceite de oliva. Añadir la mitad de las papas ralladas y sazonadas. Extender las papas en el fondo del sartén formando una capa uniforme y presionarla para que cuando se cuezan queden unidas. Dejar 2 cm de separación entre las papas y la sartén.

Colocar la mezcla de tofu encima de la cama de papas. Tapar con la otra mitad de papas. Cocinar durante 10 minutos, moviendo periódicamente la sartén para evitar que se pegue la papa.

Sacar la sartén del horno y con mucho cuidado voltear el pastel sobre un plato. Añadir la otra cucharada de aceite a la sartén, colocar el pastel nuevamente en el sartén, con la parte dorada hacia arriba y meterlo al horno. Cocinar otros 10 minutos, moviendo periódicamente la sartén para evitar que se pegue la papa. Colocar la sartén en el horno precalentado y hornear durante 25 minutos. Debe quedar suave.

Servir de inmediato, de preferencia.

$$\boxed{\text{IX}}$$

Alimentación a través de la vida

DESDE antes de nacer y durante toda la vida, nos vemos influenciados por la cantidad y calidad de los nutrientes a disposición del organismo para poder crecer, desarrollarnos adecuadamente y mantenernos. Así, durante cada etapa de la vida necesitamos una alimentación correcta.

Alimentación correcta es la dieta que, de acuerdo con los conocimientos reconocidos en la materia, cumple con las necesidades específicas de las diferentes etapas de la vida, promueve en los niños y las niñas el crecimiento y el desarrollo adecuados, y en los adultos permite conservar o alcanzar el peso esperado para la talla y previene el desarrollo de enfermedades.

Hábitos alimenticios y dieta

Los hábitos alimentarios son el conjunto de conductas adquiridas por cada individuo, por la repetición de actos en cuanto a la selección, la preparación y el consumo de alimentos. Los hábitos alimentarios se relacionan principalmente con las características sociales, económicas y culturales de una población o región determinada. Los hábitos generalizados de una comunidad suelen llamarse costumbres.

Los hábitos saludables son adquiridos, no enseñados. Los padres que inician su día con un desayuno saludable, por ejemplo, son los que con mayor probabilidad tendrán hijos con hábitos similares.

1. LACTANCIA

La leche de soja como alternativa

La Organización Mundial de la Salud apoya y promueve la lactancia exclusiva, ya que constituye una compleja interacción biológica, psicológica y social entre la madre y el hijo.

La leche materna es el alimento ideal para el recién nacido, cubre las necesidades del bebé en cuanto a energía, vitaminas, minerales, agua, proteínas y grasa; además de que proporciona las defensas necesarias para proteger al bebé de infecciones respiratorias y del aparato digestivo, es de fácil digestión y no causa alergia. Ningún alimento puede sustituirla.

Los niños amamantados por sus madres aprenden un mejor control de su apetito y tienen menor riesgo de tener sobrepeso.

El lactante se debe alimentar exclusivamente con leche materna, a libre demanda hasta el cuarto o sexto mes de vida.

Cuando es posible la lactancia materna no es necesario brindar ningún otro líquido al bebé.

El primer año de vida se caracteriza por ser una etapa de crecimiento constante y el más acelerado de toda la vida.

Durante los primeros cinco meses se duplica el peso con el que nacemos y se triplica al año.

El crecimiento es uno de los factores que aumentan las necesidades nutricias de los bebés menores de cinco meses.

Leche de soja para lactantes

Si bien es cierto que la leche materna es la mejor para alimentar a tu hijo, existen circunstancias en que esto no es posible. Si el médico ha indicado la alimentación artificial, sigue sus instrucciones sobre qué leche usar, ya que existen diversos tipos de fórmulas para lactantes.

Casi todas las fórmulas están hechas a base de leche de vaca con variaciones en su composición, tratando de asemejarse a la leche materna.

Las grasas de las leches maternizadas son de fácil digestión y facilitan la absorción de algunas vitaminas que solo se disuelven en ellas. También aportan las vitaminas como la A, B, C, D y E, además de minerales como calcio y fósforo necesarios para huesos y dientes. Las fórmulas reforzadas con hierro pueden estar indicadas, pero debe ser el pediatra quien las indique.

Excepcionalmente, algunos niños no toleran las fórmulas más comunes porque desarrollan una alergia a las proteínas de leche de vaca (caseína) y habrá que darles una a base de proteína de soja.

Las fórmulas para bebés que utilizan soja pueden utilizarse también si el bebé no tolera el azúcar (lactosa) que contienen las fórmulas que utilizan leche de vaca. Las fórmulas de soja no contienen lactosa como fuente de azúcar.

El manejo de los niños con problemas metabólicos debe discutirse con un nutricionista profesional y con el médico. La selección de la fórmula se puede ver afectada por la condición del metabolismo y el tracto gastrointestinal del niño.

2. LA MUJER EN ÉPOCA DE LACTANCIA

La mujer en periodo de lactancia, tanto como la embarazada, debe incrementar el consumo de alimentos ricos en calcio y en hierro.

La lactancia incrementa la necesidad de energía, proteína y calcio por arriba incluso de las necesidades de la mujer embarazada, por lo que se debe aumentar el consumo de alimentos ricos en estos nutrientes.

La mujer que está amamantando debe tener una alimentación adecuada. Debe incrementar su consumo de energía 500 kcal/día y 15 g de proteína.

Durante los primeros meses de la lactancia se producen aproximadamente 500 ml de leche al día, llegando a 750-850 ml/día en las últimas etapas, por lo que se requiere tomar suficientes líquidos, entre 2 y 2,5 l al día. Preferir agua, leche y jugos de fruta diluidos.

Los alimentos que consume la madre pueden causar trastornos digestivos en el niño como gases o cólicos; por ejemplo, la cebolla cruda, mole, chocolate en exceso y alimentos muy condimentados.

RECETAS

DIP DE TOFU CON ESPINACA

Ingredientes

1 cuadro de tofu

1 manojo de espinacas picadas gruesas, lavadas y desinfectadas.

1/2 diente de ajo picado muy finamente.

1/4 de cebolla blanca mediana picada muy fino.

2 cucharadas de aceite de oliva.

1 cucharada de jugo de limón.

Sal al gusto.

2 cucharadas de crema de leche (opcional).

Modo de preparar

Acitronar la cebolla y ajo con una cucharada de aceite. Agregar las espinacas escurridas. Salpimentar y cocinar a fuego medio hasta que las espinacas estén cocidas. Dejar enfriar.

En la licuadora moler el tofu con una cucharada de aceite, una de zumo de limón y la crema, si se utiliza. Mezclar un minuto. Agregar las espinacas cocidas y licuar hasta hacer una crema y homogeneizar.

CHAWAN MUSHI CON TOFU
(Sopa de huevo al vapor estilo japonés)

Ingredientes

1 taza de huevo.

2 1/2 tazas de agua o caldo de pollo frío.

Unas gotas de shoyu.
1 cucharadita de caldo de pollo o verduras en polvo.
1 zanahoria rebanada (puede cortarse en forma de flor).
1/4 de pechuga o jamón cortado en cubitos.
3/4 taza de espinacas o cilantro picado, lavados y desinfectados.
1 cuadro de tofu hervido, cortado en cubitos.
2 cebollitas verdes rebanadas incluyendo los tallos.

Modo de preparar

Mezclar el huevo con el caldo o agua, colar sobre un recipiente mediano, mezclar todos los demás ingredientes crudos. Cubrir con papel aluminio y colocar en una vaporera a fuego alto hasta que hierva, reducir el calor y cocinar a fuego lento durante 20 minutos hasta que se «cuaje».

Se puede también preparar en recipientes individuales. Servir frío o caliente.

TOFU Y AGUE EN SALSA DE JITOMATE

Ingredientes

2 cuadros de tofu cortado en «fajitas» o cubos hervidos.
4 rebanadas de ague daizu sin sabor (tofu frito).
4 jitomates medianos.
1/2 cebolla blanca.
1 diente de ajo.
Chile serrano verde al gusto.
2 ramas de cilantro.

1 cucharadita de shoyu.
1 cucharada de aceite.
Sal, la necesaria.
1 pizca de pimienta negra.
Agua.

Modo de preparar

Picar el ague en tiras delgadas o cuadritos y colocarlas en un colador. Poner el colador sobre el fregadero y verter una taza de agua hirviendo sobre el ague para eliminar el exceso de grasa.

En un comal poner a asar los jitomates y los chiles. La cáscara de los jitomates debe «quemarse» por todos lados. Al término del asado, dejar enfriar. Pelar los jitomates y molerlos en la licuadora junto con la cebolla, chile y cilantro.

Calentar el aceite y verter la salsa, agregar la pimienta y dejar que se sazone a fuego lento durante 3 minutos, moviendo constantemente. Agregar el tofu y las tiras de ague. Agregar agua para tener una salsa poco espesa. Continuar cocinando a fuego lento hasta que el ague se suavice. Agregar más agua si se espesa demasiado. Rectificar la sazón con sal si es necesario. Servir caliente.

MOUSSE DE ATÚN

Ingredientes

1 lata de crema de espárragos.
1 lata de atún.
1 1/2 cuadros de tofu escurrido.

1 sobre de gelatina sin sabor.
4 cucharadas de agua.

Modo de preparar

Disolver la grenetina en el agua. Poner a calentar la crema de espárragos; cuando esté muy caliente, sin hervir, agregar la grenetina y mover hasta que se disuelva completamente. Dejar enfriar por lo menos 20 minutos.

Licuar el tofu con el atún y la mezcla de crema de espárragos. Vaciar en un molde ligeramente engrasado. Refrigerar por 2 horas o hasta que el *mousse* esté firme.

LASSI
Bebida hindú de yogur con frutas
(Del *Almost No-Fat Holiday Cookbook*)

Ingredientes

1 1/3 taza de mango, papaya o piña fresca picada.
3 tazas de jugo de fruta fresca del sabor preferido.
1 taza de tofu.
12 cubos de hielo.
3/4 taza de jugo de limón.

Modo de preparar

Mezclar todos los ingredientes en la licuadora hasta que el hielo se deshaga.

3. ABLACTACIÓN Y HÁBITOS ALIMENTICIOS

A partir de los cuatro a seis meses los bebés se vuelven cada vez más activos y necesitan mayor cantidad de calorías, hierro, cinc, vitaminas A, D y otros nutrientes que la leche no proporciona; además, como sus funciones digestivas han madurado, se deben incluir nuevos alimentos en su dieta, preparados en forma apropiada.

No está justificado introducir nuevos alimentos antes de los tres meses, aunque tampoco es aconsejable hacerlo más allá de los seis, porque la falta de diversificación es motivo frecuente de anorexia (pérdida de apetito), a la vez que se desaprovecha una época muy valiosa para la educación del gusto y el conocimiento de los alimentos básicos que permitirán al bebé adaptarse a una alimentación equilibrada, variada y suficiente.

Cuando los niños tengan de nueve a doce meses, antes de amamantarlos, podemos ofrecerles la misma comida que consume el resto de su familia, adecuando la preparación, los utensilios, las cantidades y el número de comidas (3 comidas mayores y 2 colaciones) de acuerdo con sus necesidades.

La forma habitual de introducir la alimentación complementaria es ir sustituyendo, de una en una, las tomas de leche que recibe el lactante por los distintos componentes de la alimentación complementaria (papilla de cereales, fruta, puré de verdura...), de forma paulatina, con intervalos suficiente para que el niño vaya aceptando los nuevos alimentos, probando la tolerancia del bebé a los mismos antes de introducir uno nuevo y dando tiempo a la adaptación de su organismo. Es muy importante en este periodo permitir que la cantidad de

alimento pueda variar de un día a otro y de una semana a otra, según el apetito del niño.

ESQUEMA DE ABLACTACIÓN

Edad cumplida	Alimentos a introducir	Selección y preparación
0-4 a 6 meses (0-17 a 26 semanas)	Lactancia materna exclusiva	
A partir de 4 a 6 meses (semana 18 a 27)	Verduras y frutas	Purés
A partir de 5 meses (semana 22)	Cereales	Papillas
A partir de 6 a 7 meses	Leguminosas y carnes	Picados
A partir de 8 a 12 meses	Lácteos, huevo y pescado *	Picados y en trocitos

* Se debe introducir si no existen antecedentes familiares de alergia al alimento; si es así, introducirlo después de los 12 meses.

RECETAS

CUBITOS DE TOFU HORNEADO PARA BEBÉS (8 A 12 MESES)

Ingredientes

Aceite de oliva.
1 cuadro de tofu cortado en cubos.
Puré de jitomate.

Modo de preparar

Engrasar una bandeja para horno con aceite de oliva. Colocar los cubos de tofu y barnizarlos con un poco más de aceite. Hornear unos 20 minutos a 200 °C o hasta que estén ligeramente dorados.

Servir con poco de puré de tomate.

4. PREESCOLARES. INTEGRACIÓN A LA DIETA FAMILIAR

Los avances científicos comprueban que el cuidado integral del niño dentro de sus primeros cinco años de vida constituye la base para lograr la incorporación del individuo a una vida productiva.

La etapa preescolar (dos a cuatro años de edad) es un periodo de suma importancia, ya que es en esta etapa cuando el niño aprende los hábitos de alimentación. Su dieta también debe basarse en las guías alimenticias, y si se enseña desde temprana edad el gusto por la buena comida generalmente dura toda la vida.

Los niños de un año a cinco años once meses requieren de los estímulos afectivos y sensoriales que dan los alimentos, incluyendo su manipulación. También es importante respetar, dentro de lo razonable, sus gustos, preferencias y sus expresiones de saciedad.

En esta etapa el niño o niña disminuyen su ingestión diaria, pues el crecimiento se desacelera; la comida se deberá ofrecer en bocados pequeños y concediéndole el tiempo suficiente para ingerirla.

Podemos ofrecerle a los preescolares la misma comida que ingiere el resto de la familia, adecuando a sus nece-

sidades las porciones, el número de comidas (tres comidas mayores y dos colaciones) y el tamaño de los
utensilios.

Los niños no comerán lo que no les gusta. Pero las
investigaciones muestran que se requieren de 8 a 10 «inten-
tos» antes de que los niños decidan si les gusta o no un
alimento en particular. Los adultos deben dar oportunidad a que los niños aprendan a gustar de una variedad de
alimentos sanos.

Los preescolares y las mujeres en edad reproductiva,
particularmente la mujer embarazada, están en riesgo de
padecer anemia, por lo que pueden requerir tomar suple-
mentos con hierro bajo estricta vigilancia médica.

Si la dieta no es la adecuada, se corre el riesgo de que
los más pequeños sufran carencias de ciertos nutrientes.

Deficiencias nutritivas más comunes en niños de 1 a 3 años

Nutriente	Función	Fuentes alimenticias
Vitamina A	Esencial para el crecimiento, la hidratación de la piel, la vista, pelo, dientes, uñas, huesos, riñones, aparato digestivo y vías respiratorias.	Hígado, grasas lácteas (mantequilla, nata), huevo (en la yema) y lácteos completos, tofu.
Beta-caroteno	Cuando el organismo lo requiere, se transforma en vitamina A.	Verduras de color verde o de coloración rojo-anaranjado-amarillento y ciertas frutas (albaricoques, cerezas, melón y melocotón).
Ácido fólico	Síntesis de material genético de las células (ADN) y en la formación y maduración de glóbulos rojos y blancos.	Legumbres y verduras verdes, frutas, cereales integrales e hígado, tofu.

Nutriente	Función	Fuentes alimenticias
Vitamina C	Formación de colágeno (constituyente principal del cartílago y del hueso), síntesis de hormonas esteroideas, metabolismo de las grasas y aumento de la absorción del hierro de los alimentos. Tiene influencia en nuestro sistema antioxidante. Mantenimiento de la integridad de encías, huesos, dientes y vasos sanguíneos.	Fuente casi exclusiva de esta vitamina son ciertas frutas (cítricos, melón, fresas, frutas tropicales) y verduras (verduras de la familia de la col, pimientos, lechuga, tomate).

CRECIMIENTO Y DESARROLLO

Los niños empiezan a crecer desde que se forman en el cuerpo de la mamá hasta convertirse en adultos.

Aunque hay niños más pequeños que otros, todos deben crecer día a día desde que nacen hasta llegar a la edad adulta.

Crecimiento es el aumento del peso y el tamaño (estatura). Un crecimiento adecuado se logra cuando están sanos y bien alimentados, se enferman poco, reciben cuidado y atención de sus padres y adultos que los rodean.

Desarrollo es el proceso mediante el cual se adquieren conocimientos y habilidades como sentarse, caminar, hablar, escribir o leer.

El desarrollo puede ser físico: modificación en el tamaño y funciones del organismo. Intelectual: capacidad de comunicación, facilidad para manejar conceptos abstractos y símbolos, y emocional: capacidad para el cariño y afecto, desarrollo de lazos afectivos.

El desarrollo se lleva a cabo de forma diferente en cada individuo, pero existen parámetros para saber si se está dando una forma adecuada.

Durante los dos primeros años de vida los niños crecen más rápidamente, por lo que debemos tener especial cuidado en su crecimiento y desarrollo.

Para vigilar el correcto crecimiento y desarrollo de los niños, el médico debe medir, revisar y pesar a los bebés: a los 7 días de nacidos y a los 28 días. A los 2, 4, 6, 9 y 12 meses.

Después de un año de edad y hasta los cuatro años, cada seis meses. Una vez al año desde los cinco años hasta llegar a la adolescencia.

El estado de nutrición se debe valorar utilizando como mínimo los índices peso/edad y talla/edad. En forma complementaria, se puede utilizar el índice de peso/talla.

Las gráficas de crecimiento que se emplean para la población mexicana se encuentran en la «Cartilla Nacional de Vacunación», donde se registran los datos en cada consulta y donde se puede observar la tendencia de crecimiento o desarrollo de cada niño de manera conjunta, ya que existe una alternancia del crecimiento peso/talla, además se deben considerar aspectos ambientales, la carga genética y el biotipo del niño.

La vigilancia del crecimiento sirve para detectar con oportunidad si el niño ha dejado de crecer o está creciendo demasiado rápido, y así prevenir la obesidad o desnutrición y protegerlo de enfermedades.

RECETAS

DURAZNOS Y CREMA DE TOFU

Ingredientes

1 lata de duraznos en almíbar.
2 cuadros de tofu.

Modo de preparar

Escurrir los duraznos y licuarlos con el tofu, hasta que la mezcla se haga cremosa.

CREMA DE CALABAZA CON PATÉ Y TOFU

Ingredientes

5 calabacitas cocidas y el agua en que se cocieron.
1 cuadro de tofu.
1 tubo chico de paté de hígado de cerdo.
1 rama de apio.
1/4 cebolla finamente picada.
1/2 diente de ajo picado muy fino.
1 cucharada de aceite de canola.
1 cucharadita de caldo de pollo o verduras en polvo.

Modo de preparar

Freír la cebolla y ajo picaditos en el aceite muy caliente, junto con el paté. En la licuadora moler las calabazas cocidas y apio con un poco de agua de cocción de las calabacitas.

Vaciar la mezcla de calabacitas en el recipiente con el paté. Agregar más agua, si es necesario. Cocinar a fuego lento hasta que hierva.

Servir la crema con galletitas integrales.

GANMODOKI
(Tortitas de tofu con verduras)

Ingredientes

6 cuadros de tofu exprimidos.
100 g de zanahoria rallada.
110 g de florecitas de brécol picado fino.
1 cucharada de shoyu.
1 cucharadita de caldo de pollo en polvo.
1 cebollita de cambray picada fina, incluyendo parte del tallo.
1 cucharada de aceite vegetal.
1/4 taza de agua.
1 huevo.
3 cucharadas de harina integral.
3 cucharadas de ajonjolí tostado.
30 g de pasitas picadas fino.
1 cucharadita de sal.
· Aceite para freír.

Modo de preparar

Poner a calentar el aceite en un recipiente mediano. Agregar la cebolla picada; cuando se haga transparente, agregar las zanahorias y cocinar a fuego medio durante 3 minutos, agregar el brécol y cocinar 2 minutos más.

Agregar el shoyu, el caldo de pollo y el agua. Cocinar hasta que se haya evaporado todo el agua. Enfriar y reservar.

Colocar en un bol el tofu exprimido, agregar la sal, huevo, harina, ajonjolí y pasitas. Mezclar con la mano como amasando durante 2-3 minutos. Añadir las verduras y mezclar perfectamente. La mezcla no debe pegarse en las manos al amasarla. Formar tortitas redondas como croquetas.

Colocar aceite en la freidora y calentar a 200 °C; al alcanzar la temperatura, freír una por una las tortitas hasta que estén doradas. Alternativamente se pueden freír en una sartén con suficiente aceite para dorar por ambos lados.

Servir con ensalada o en pan como hamburguesas.

PURÉ DE PAPA Y TOFU

Ingredientes

3 cuadros de tofu exprimido.
1/2 kilo de papas blancas cocidas.
30 g de mantequilla.
Sal y pimienta al gusto.
Perejil picado (opcional).

Modo de preparar

Mezclar todos los ingredientes, aplastando las papas e incorporando el tofu con un tenedor.

PASTA CON ATÚN

Ingredientes

300 g de pasta integral («pluma», «tornillos», etc.).
2 latas de atún.
1 taza de chícharos cocidos.
5 cucharadas de puré de tomate.
1 cuadro de tofu.
Queso mozarella rallado.
Sal.

Modo de preparar

Cocinar la pasta en agua hirviendo añadiendo un poco de sal, un poco de aceite y 2 hojas de laurel. Cocinar al dente. Refrescar y escurrir la pasta.

En la licuadora mezclar el puré de tomate con el tofu.

Freír la mezcla de jitomate en el aceite de oliva, agregar el atún escurrido y los chícharos, mezclar perfectamente. Agregar la pasta y continuar cocinando hasta que la pasta se caliente, moviendo ocasionalmente con cuidado.

Servir espolvoreado con el queso rallado.

5. ESCOLARES

Se reconoce a la etapa escolar como un periodo de crecimiento latente, va de los de cinco a los nueve años de edad. Las tasas de crecimiento son muy estables y los cambios corporales se efectúan de una manera gradual. Al final de esta etapa se almacenan recursos en preparación para el segundo brote de crecimiento.

Los niños de seis a once años once meses tienen inclinación hacia algunos alimentos con sabores dulces, salados o ácidos, por lo que debemos orientar hacia la moderación en su consumo y que estos productos no reemplacen a otros alimentos.

En los escolares es común que disminuya el apetito por ese estado de crecimiento latente y porque tienen cosas que hacer más interesantes para descubrir o investigar que comer. Debemos aprovechar las múltiples oportunidades que ofrece la alimentación para que el niño desarrolle habilidades y aprenda a hacer cosas por sí mismo, como manipular los cubiertos, poner y quitar la mesa, ayudar a lavar los utensilios, identificar los alimentos por su color, sabor y olor, alentarlo a expresar sus sensaciones acerca de los alimentos y la alimentación.

Importancia del desayuno

Es muy importante en esta etapa iniciar con el hábito de desayunar antes de ir a la escuela. Diversos estudios han comprobado que los niños que van a la escuela sin desayunar son apáticos, prestan poca atención, son inquietos y molestos y les cuesta mucho más trabajo resolver problemas.

El desempeño escolar sufre una disminución importante en los niños que no desayunan, aun cuando estén bien alimentados.

En la actualidad pocas familias dan importancia al desayuno debido a que el niño no tiene apetito, nos falta tiempo o prefieren dormir que desayunar. Sin embargo, cada día los niños necesitan cantidades suficientes para adquirir una dieta variada.

Ventajas de un desayuno infantil equilibrado

Los niños deben recargar sus baterías en la mañana, no solo en términos de cantidad, sino que además requieren de porciones equilibradas de proteínas, hidratos de carbono y grasas.

Un desayuno equilibrado previene la irritabilidad, permite a los niños concentrarse y evita el picar entre comidas y los antojos, al tiempo que les ayuda a mantener su peso.

El desayuno ideal debe incluir cereales integrales para el aporte de energía, un producto lácteo para el calcio y una bebida para satisfacer las necesidades de líquido del cuerpo. Se puede agregar, además, alguna fruta para un adecuado aporte de vitaminas, así como un alimento rico en proteínas para reparar y mantener el cuerpo.

Si el niño no tiene hambre en el desayuno: Poner una colación en su mochila escolar: puede ser una fruta, una cajita de cereal o galletas. Esto le servirá para media mañana. Es importante, eso sí, darle al menos alguna bebida antes de que salga por la mañana.

Si el niño no quiere tomar desayuno por temor a subir de peso: Dile que cuando se salta el desayuno lo repondrá durante el resto del día: comerá más en cualquier otro tiempo de comida. Al saltarse el desayuno, está desequilibrando sus tres o cuatro comidas diarias.

Es importante establecer horarios de comida y respetarlos: Los expertos en nutrición concuerdan en que es contraproducente utilizar los alimentos como premio o castigo cuando se trata de enseñar buenos hábitos alimenticios.

¿Qué necesitan los niños para llenarse de energía?

Proteínas: Para desarrollar sus músculos: productos lácteos, carne y huevos, así como también cereales combinados con leguminosas.

Hidratos de carbono: Proveen combustible para su cerebro y músculos; se obtienen del azúcar, cereales, papas, arroz y pastas.

Lípidos: Para otorgar al cuerpo reservas de energía de las grasas (mantequilla, aceites, margarina); productos lácteos y ciertos tipos de carnes procesadas como el tocino.

Agua: El principal componente del cuerpo humano, se obtiene de bebidas, así como también de todos los alimentos.

Minerales: Como el calcio, fósforo, hierro, magnesio, son indispensables para buenos dientes y huesos fuertes. El calcio se encuentra en la leche y el magnesio en chocolate y cereales. Una leche con chocolate es, entonces, ideal porque contiene calcio y magnesio, sin olvidar los carbohidratos, proteínas y energía.

Vitaminas: Las vitaminas son importantes para asegurar que los procesos metabólicos en el cuerpo funcionen de manera óptima. Son esenciales porque el cuerpo no los puede elaborar y, entonces, los requiere desde la alimentación. Existen varios tipos de vitaminas, y los alimentos no las contienen siempre en la cantidad adecuada. La frutas son una buena fuente de algunas de ellas, así como también la leche y carne.

La actividad física al aire libre permite un mejor aprovechamiento del calcio y provoca que se forme vitamina A. Por otra parte, el hábito de hacer ejercicio cotidianamente es uno de los más saludables que hay.

Se ha incrementado el número de niños obesos debido principalmente a una combinación de falta de ejercicio físico y una dieta alta en grasas.

El tiempo que dedican los niños a ver televisión o en juegos de vídeo está directamente relacionado con el incremento de obesidad en los niños. La Asociación Americana de Pediatría indica a los padres que limiten estas actividades a menos de 2 horas al día y a mantener la televisión fuera del cuarto de los niños.

Durante la etapa de los 6 a los 9 años de edad, prácticamente no hay diferencias de peso y talla entre niños y niñas. A los 10 años es cuando empiezan a notarse diferencias, ya para los 11 años la estatura y peso promedio de las niñas son mayores que la de los niños.

Durante los últimos años de la etapa escolar aumenta el apetito debido a que se acelera la velocidad de crecimiento, especialmente en las niñas.

La acumulación de grasa, tanto en niñas como en niños, es un requisito para lograr el brote puberal (primera etapa de la adolescencia). Esta es la reserva para afrontar las exigencias del siguiente periodo, indispensable en las mujeres para que aparezca la menstruación.

RECETAS

HOT CAKES CON TOFU

Ingredientes

2 cuadros de tofu.
1 1/2 taza de leche de soja saborizada.
1 taza de harina de trigo.
1/2 taza de harina de trigo integral.
2 cucharadas de fructosa o miel.
1 cucharadita de polvo de hornear.
1/2 cucharadita de sal.
1 cucharada de aceite de canola o soja.
1/4 de taza de pasitas picadas.

Modo de preparar

Combinar todos los ingredientes secos en un recipiente.

Mezclar en la licuadora la leche de soja, tofu y aceite hasta que estén bien incorporados. Agregar la mezcla líquida a los ingredientes secos poco a poco hasta que se tenga una pasta homogénea. Agregar las pasitas.

Calentar una sartén antiadherente. Verter suficiente mezcla para hacer un *hot cake*. Cocinar a fuego medio hasta que todas la superficie del *hot cake* esté burbujeada. Voltear una sola vez. Cuando esté dorado el segundo lado. Servir en platos individuales con miel, cajeta o mermelada de frutas.

HAMBURGUESA DE POLLO Y TOFU

Ingredientes

1 1/2 cuadro de tofu exprimido.
250 g de pechuga de pollo molida.
3/4 taza de pan rallado.
1 huevo.
2 cucharaditas de sal y un poco de pimienta.
1 diente de ajo o jengibre molido o picado muy fino.

Modo de preparar

Mezclar la pechuga con el pan rallado, añadir sal y pimienta. Agregar el huevo, el ajo y el tofu. Revolver perfectamente. Formar 4 hamburguesas.

Calentar el aceite en una sartén. Freír las hamburguesas a fuego alto durante 30 segundos y bajar el fuego. Freír un minuto más a fuego bajo y voltear las hamburguesas.

Freír el segundo lado de las misma manera.

PASTA HORNEADA CON TOFU

Ingredientes

1 paquete de pasta integral (espagueti, «conchas», «coditos»).

1 clara de huevo.
1/2 taza de queso cottage.
250 g de queso mozzarella o chihuahua rallado.
3 cuadros de tofu.
Perejil picado.
1 lata (480 g) de puré de jitomate.
1/2 cebolla blanca picada finamente.
1 diente de ajo picado.
1 tallo de apio picado finamente.
1/2 cucharadita de caldo de pollo en polvo.
Sal y pimienta al gusto.

Modo de preparar

Cocinar la pasta al dente en agua hirviendo con un poco de sal, hierbas de olor, cebolla y un poco de aceite. Refrescar, escurrir y apartar.

Acitronar el ajo, cebolla y apio. Agregar el puré de jitomate y el caldo de pollo. Cocinar a fuego lento durante 5 minutos. Rectificar la sazón.

Aparte, mezclar el tofu, la clara de huevo, el queso cottage y el perejil. Mezclar la pasta cocida con esta mezcla. Engrasar ligeramente un molde refractario. Agregar la mitad de la salsa de jitomate al molde. Acomodar la mezcla de pasta. Bañar con la mitad restante de salsa. Espolvorear el queso rallado. Hornear a 350 ℃ durante 25-30 minutos.

GALLETAS DE LIMÓN Y AJONJOLÍ

Ingredientes

250 g de harina integral.
2 cuadros de tofu escurrido.
1/2 taza de ajonjolí.
1/4 taza de germen de trigo.
2 cucharaditas de polvos de hornear.
1/2 cucharadita de sal.
1/2 taza de miel de maple.
1/2 taza aceite de canola o de girasol.
1/4 taza de azúcar.
1 cucharadita de ralladura de limón.
1 cucharada de jugo de limón.

Modo de preparar

Precalentar el horno a 180 °C. Mezclar todos los ingredientes secos en un recipiente hondo. Licuar los ingredientes líquidos y el tofu.

Verter los ingredientes líquidos sobre los secos, mezclar rápidamente.

Engrasar ligeramente una bandeja para galletas. Colocar cucharadas de la mezcla. Hornear las galletas durante 15 minutos o hasta que esté doradas. Rotar la bandeja dentro del horno cada 5 minutos.

Enfriar. Las galletas se pueden conservar en un recipiente tapado.

SOPA DE FIDEOS Y HUEVO CON TOFU

Ingredientes

100 g de fideo delgado.
1 huevo.
Sal.
1 jitomate grande maduro.
1/3 de cebolla blanca chica.
1 diente de ajo.
1 rama de cilantro.
Caldo de pollo.
1 cuadro de tofu hervido cortado en cubitos.

Modo de preparar

Batir la clara de huevo a punto de turrón. Aparte, batir la yema con un poco de sal. Envolver la yema en la clara. Agregar el fideo en pedazos.

Calentar un poco de aceite en una sartén chica. Agregar toda la mezcla de huevo. Dejar que se dore de un lado y voltearla. Cocinar hasta que esté firme. Sacar la torta, fideos y cortar en cubitos.

Moler en la licuadora el ajo, cebolla, jitomate y cilantro con un poquito de agua.

En un recipiente mediano poner un poco de aceite a calentar, agregar la salsa molida, dejar que hierva, agregar sal y sazonador al gusto o caldo de pollo. Cuando vuelva a hervir, agregar los cubos de fideo y los cubos de tofu. Cocinar 5 minutos o hasta que se cueza el fideo.

Servir caliente.

6. PUBERTAD Y ADOLESCENCIA

La etapa puberal, que ocurre en las niñas entre los 10 y 12 años de edad y en los niños entre los 12 y los 14, se caracteriza por una aceleración en el crecimiento conocido como «estirón de la adolescencia».

La pubertad se caracteriza por cambios en la composición del cuerpo debido a un aumento en la masa del esqueleto, un mayor desarrollo muscular en varones y cambios en la distribución de la grasa corporal en la mujer.

La adolescencia es el conjunto de fenómenos psicológicos que suelen acompañar a los cambios biológicos de la pubertad. Durante esta etapa se desarrollan los sistemas circulatorio y respiratorio, y sobre todo en los varones aumenta la fuerza y la resistencia físicas.

El desarrollo de las glándulas del aparato reproductor, ovarios o testículos, producido por las hormonas trae como consecuencia el desarrollo de los caracteres sexuales secundarios en hombres y mujeres.

Aunque los cambios físicos sean esperados y a veces deseados, traen consigo turbación. Los jóvenes sienten perder el control sobre su cuerpo y esto suele incomodarlos.

Durante la segunda etapa, o adolescencia media (de los 13 a 15 años), los caracteres sexuales secundarios se han establecido y continúan principalmente los cambios psicológicos.

Debido a la aceleración del crecimiento, acompañada de grandes cambios físicos, se produce un aumento en las necesidades nutricias, que deberán cubrirse con una mayor cantidad de alimentos que aseguren un adecuado aporte de energía y nutrientes. Además, es importante evitar posibles deficiencias nutritivas que puedan ocasionar alteraciones o trastornos de la salud.

La alimentación de los adolescentes está influenciada por: revisión de valores transmitidos por los padres, elaboración de un patrón propio de alimentación y la publicidad.

Las deficiencias nutritivas más comunes en los adolescentes se producen como consecuencia de las elevadas necesidades nutritivas y desequilibrios en la alimentación: dietas restrictivas, monótonas o que no incluyen los nutrientes básicos.

Se ha demostrado que las adolescentes tienden a disminuir el consumo de calcio, grasas e hidratos de carbono apoyándose en su deseo de ser delgadas, y los jovencitos consumen grandes cantidades de proteína (carnes) con el fin de aumentar su musculatura.

Deficiencia de minerales:

Nutriente	Función	Fuente alimenticia
Calcio	Crecimiento de la masa ósea.	Leche y derivados, pescados en conserva (los que se come la espina), frutos secos, derivados de soja enriquecidos, ciertas algas marinas, tofu.
Hierro	Componente de la hemoglobina.	Carnes, pescados, huevos y sus derivados, legumbres, verduras y vegetales verdes que deben comerse junto con vitamina C o ácido cítrico, por ejemplo, verduras con zumo de limón o jitomate, tofu.

Nutriente	Función	Fuente alimenticia
Cinc	Síntesis de proteínas (formación de tejidos, hormonas, anticuerpos) y acción antioxidante. La carencia de cinc se relaciona con lesiones en la piel, retraso en la cicatrización de heridas, caída del cabello, fragilidad en las uñas, alteraciones del gusto y del olfato. El déficit crónico puede causar hipogonadismo (glándulas sexuales pequeñas). Esencial para los adolescentes, pues ayuda al funcionamiento de las células del cerebro (neuronas); puede aumentar la capacidad para poner atención en la escuela y para memorizar mejor mientras estudian.	Carnes, el pescado, el marisco y los huevos. También los cereales completos, los frutos secos, las legumbres y los quesos curados, tofu.
Vitaminas liposolubles A y D	Síntesis de proteínas, el crecimiento y el desarrollo.	Lácteos enteros, grasas lácteas (mantequilla, nata), yema de huevo, vísceras, tofu.
Ácido fólico		Legumbres y verduras verdes, frutas, cereales de desayuno enriquecidos e hígado, tofu.
Vitamina B_6		Cereales integrales, hígado, frutos secos, levadura de cerveza.
Niacina		Vísceras, carne, pescado, legumbres y cereales integrales, tofu.
Tiamina		Cereales integrales, legumbres y carnes, tofu.

* Se ha demostrado, en algunos estudios recientes, que los adolescentes que no toman desayuno por la mañana están más propensos a ganar peso que aquellos que sí lo toman.

Las niñas necesitan más hierro que los niños, porque al comenzar su periodo de menstruación necesitan más hierro al perder parte de este elemento en su sangre menstrual.

El seguir dietas permanentemente aumenta considerablemente el riesgo de los antojos. El 58 % de las niñas adolescentes que sufren de antojos están siguiendo alguna dieta. Cambios dramáticos en pérdida y aumento de peso pueden llevar a desequilibrios nutricionales más graves y estrías en la piel.

Los adolescentes que sufren de estrés pueden encontrar excesivo placer comiendo, particularmente chocolates y pastelillos. Una solución para esto es practicar deportes para eliminar el estrés.

DESÓRDENES ALIMENTICIOS: ANOREXIA Y BULIMIA

Debes estar muy pendiente de los indicadores de riesgo en la aparición de trastornos relacionados con la alimentación como sobrepeso, obesidad, anorexia y bulimia nerviosa.

Una señal infalible de anorexia en una adolescente es el cese de su menstruación.

La anorexia se caracteriza por un tremendo miedo a engordar. La persona se niega terminantemente a comer, lo que a menudo causa problemas de salud. Uno de los signos más evidentes de la anorexia en las niñas es que se acaba su menstruación y experimentan una importante pérdida de peso.

Para tratar la anorexia nerviosa hay que prestar ayuda psicológica y cambiar a los pacientes de su entorno normal, generalmente a un hospital; se debe llegar a un acuerdo con el adolescente respecto a su peso, pero sobre todo debe comprometerse a mantener cierto nivel y no bajar de ahí. Proporcionar una dieta equilibrada con poca grasas visible para prevenir que el adolescente rechace la comida.

Quienes sufren de bulimia nerviosa muy a menudo comen en secreto. La bulimia nerviosa es una enfermedad que es, psicológicamente, muy difícil de manejar y a menudo implica un sentimiento de vergüenza y culpa. Quienes sufren este desorden a menudo se inducen a vomitar y, por lo mismo, no suben de peso. Por esta razón, a menudo es muy difícil para su familia o amigos darse cuenta que sufren esa enfermedad.

La bulimia nerviosa está, a veces, conectada con la obesidad. Es el resultado de largos periodos de dietas estrictas. La bulimia nerviosa puede tomar también una forma diferente: el peso normal se puede mantener con periodos de ayuno, recurriendo a vómitos, laxantes o diuréticos.

Quien sufre de bulimia nerviosa consume enormes cantidades de comida en tiempo récord, casi siempre entre comidas. Las cantidades de alimento no aguardan relación con el hambre o los antojos; quien está aquejado de bulimia nerviosa siempre «come» en secreto.

El tratamiento para la bulimia es casi idéntico al de la anorexia, y los pacientes son, regularmente, hospitalizados. El tratamiento no se basa en una dieta, sino en la educación de los adolescentes para que coman adecuadamente, lo que incluye también psicoterapia.

El sentimiento de soledad y pena puede generar un antojo inmenso por algún tipo particular de comida, al menos en las mujeres. Los hombres, por otro lado, tienden a los excesos cuando están en una atmósfera relajada con amigos.

DECÁLOGO DE LA NUTRICIÓN SALUDABLE PARA NIÑOS Y ADOLESCENTES

Basado en los 10 consejos para una alimentación saludable elaborados por el Consejo Europeo de Información sobre Alimentación en colaboración con la Federación Europea de Asociaciones de Dietistas.

1. Tu alimentación debe ser variada

Nuestro organismo necesita 40 nutrientes diferentes para mantenerse sano. Ningún alimento los contiene todos, de modo que no conviene comer siempre lo mismo. Disfruta de tus comidas en compañía de familiares y amigos y fíjate en lo que comen los demás. Seguro que descubres nuevos alimentos para dar a tu dieta mayor variedad.

2. Toma frutas y verduras

Las frutas, verduras y hortalizas contienen nutrientes que te ayudan a prevenir enfermedades, de modo que no olvides incluirlas cada día en tu dieta.

3. La higiene, esencial para tu salud

No toques los alimentos sin haberte lavado las manos antes. Cepilla tus dientes cuando menos dos veces al día y recuerda que, tras el cepillado nocturno, ya no deberías ingerir alimento alguno ni otra bebida que no sea agua.

4. Bebe lo suficiente

Es fundamental mantener el cuerpo bien hidratado, ya que más de la mitad del peso es agua. Asegúrate, por tanto, que recibes el aporte necesario de líquido (al menos 5 vasos cada día). Si hace mucho calor o realizas una actividad física intensa, deberás incrementar el consumo de líquidos para evitar deshidratarte.

5. Haz cambios graduales

No intentes cambiar tus hábitos de alimentación y comportamiento de un día para otro. Te resultará mucho más fácil hacerlo poco a poco, marcándote objetivos concretos cada día. No prescindas de lo que te gusta, pero intenta que tu dieta, en conjunto, sea equilibrada.

6. Consume alimentos ricos en hidratos de carbono complejos e integrales

La mayoría de las personas consumen menos hidratos de carbono de los que necesitan. Al menos la mitad de las calorías de tu dieta debería proceder de estos nutrientes. Para aumentar el consumo de hidratos de carbono, debes comer pan y, en general, productos elaborados a base de trigo y otros cereales, tales como galletas, pasta, arroz y legumbres.

7. Mantén un peso adecuado para tu edad

Evita pesar mucho más o mucho menos de lo que deberías. Para saber cuál es tu peso correcto debes tener en cuenta muchos condicionantes: edad, sexo, altura, constitución, factores hereditarios... El exceso de peso se produce cuando tu cuerpo recibe más calorías de las que gasta. La grasa nos proporciona algunos de los nutrientes que necesita nuestro organismo, pero también es la fuente más concentrada de calorías. Por tanto, si alguna de tus comidas es especialmente grasa, altérnala con comidas más ligeras.

8. Come regularmente

Nuestro cuerpo necesita disponer de energía a cada instante del mismo modo que los vehículos precisan combustible para moverse. Al levantarnos, después de pasar toda la noche sin comer, nuestro nivel de energía está muy bajo, de modo que conviene hacer un buen desayuno. Durante el día, si solo comes a la hora de la comida y de la cena, tu organismo pasará también demasiadas horas sin recibir aportes energéticos. Aprovecha el recreo de media mañana para comer alguna cosa y no dejes de merendar por la tarde.

9. Haz ejercicio

Una bicicleta que no se usa acaba oxidándose. Con los músculos y los huesos ocurre lo mismo, hay que mantenerlos activos para que funcionen bien. Intenta hacer algo de ejercicio cada día. Sube por las escaleras en lugar de utilizar el ascensor y, si puedes, ve caminando a la escuela. La hora del recreo es un buen momento para practicar alguna actividad física. Cada uno de nosotros hemos de probar y practicar el deporte que más se ajuste a nuestro gusto.

10. Recuerda que no hay alimentos buenos ni malos

No te sientas culpable por comer determinados alimentos. Eso sí, evita los excesos y asegúrate de que tu dieta es lo bastante variada como para resultar equilibrada. Equilibrio y variedad son las claves para tu alimentación te ayude a mantener una buena salud.

——————RECETAS——————

MOUSE DE DURAZNO

Ingredientes

1 taza de duraznos secos.
1 taza de tofu.
2 cucharadas de extracto puro de vainilla.
2 cucharadas de leche descremada en polvo.
2 claras de huevo a temperatura ambiente.

Modo de preparar

Remojar los duraznos en agua caliente unos 30 minutos y escurrir. Reservar el agua.

En la licuadora, mezclar el tofu, duraznos remojados, vainilla y leche en polvo. Agregar un poco del agua de remojo de los duraznos si es necesario para hacer la mezcla.

Batir las claras a punto de turrón.

Vaciar la mezcla de tofu en un recipiente mediano y envolver las claras batidas. Colocar en tazones para postres. Decorar con hojas de hierbabuena lavadas y desinfectadas. Servir frío.

QUICHE DE BRÉCOL CON TOFU

Ingredientes

1 costra de pie de 23 cm.

Para la costra:

3 papas medianas ralladas.
1 zanahoria rallada.
1/2 cebolla pequeña picada.
1/4 cucharada de sal.
1/2 taza de harina de avena (se puede hacer moliendo avena en la licuadora).

Modo de preparar

Mezclar todos los ingredientes y presionar en el fondo y lados de un molde de pie de 23 cm.

Para el relleno:

1/2 kilo de brécol cocido picado.
1 cucharada de aceite de oliva.
4 dientes de ajo picados muy finamente.
3 cuadros de tofu, escurrido.
1/2 taza de leche de soja natural.
1/4 cucharada de mostaza de Dijon.
3/4 cucharada de shoyu.
1/4 cucharadita de pimienta negra.
1 cucharada de perejil seco.
4 cucharadas de queso manchego rallado.

Modo de preparar

Acitronar en el aceite de oliva la cebolla con el ajo hasta que doren. Mezclar los trozos de brécol y continuar cocinando.

En la licuadora mezclar el tofu, leche de soja, mostaza, sal, pimienta y perejil, hasta que se haga cremoso. Vaciar la mezcla a un recipiente y combinarla con el brécol y el queso. Vaciar sobre la costra de pie.

Hornear durante 40 minutos o hasta que al introducir un palillo salga limpio. Enfriar durante 5 minutos después de cortarlo.

BROWNIES DE CHOCOLATE Y TOFU

Ingredientes

1/2 taza de aceite de canola.
2/3 taza de cocoa sin endulzar.

2 cuadros de tofu desmenuzado.
1 taza de fructosa.
1/4 taza de azúcar mascabado.
200 g harina integral.
1 cucharadita de polvo de hornear.
1 cucharadita de canela.
1 taza de nueces picadas.

Modo de preparar

Precalentar el horno a 190 ºC. Engrasar ligeramente un molde cuadrado con aceite en *spray*. Mezclar el aceite con la cocoa. Agregar, uno a uno, el tofu, fructosa, harina, polvo de hornear, nueces y canela. Incorporando muy bien después de cada adición.

Vaciar la mezcla en el molde preparado, hornear de 30 a 40 minutos o hasta que al introducir un palillo salga limpio.

Enfriar en el molde sobre una rejilla. Cortar en 12 piezas rectangulares.

YAKISOBA CON TOFU
(Tallarines fritos estilo japonés)

Ingredientes

1 paquete chico de tallarines integrales.
250 g de germinado de soja.
100 g de champiñones.
5 hojas de achicoria (especie de lechuga) cortada en trozos.
4 cebollitas de cambray cortada en rodajas, incluyendo el tallo.

2 cuadros de tofu prensado, cortado en cubos.
3 ó 4 rebanadas de agie (tofu frito sin sabor) en juliana.
1 tallo de apio picado en medias lunas.
4 cucharadas de aceite.
1 cucharada de caldo de pollo o verdura en polvo.
1/4 de taza de shoyu.
1/4 de taza de agua.
1 cucharada de maicena.
1/2 cucharadita de aji no moto.

Modo de preparar

Cocer al dente el tallarín en agua hirviendo con un poco de sal, aceite y una hoja de laurel, refrescar y escurrir. Reservar.

Freír todos los ingredientes en 2 cucharadas de aceite a fuego alto hasta que las verduras queden crujientes. Agregar el caldo de pollo en polvo, dejar que se sazone durante 3 minutos moviendo. Agregar el shoyu con agua y la maicena disuelta en ellos, revolver bien, bajar el fuego y dejar que la maicena se cueza.

Freír el tallarín en las otras 2 cucharadas de aceite. Mezclar con las verduras. Servir caliente.

ROLLITOS PRIMAVERA CON TOFU

Ingredientes

Para la cubierta:
2 huevos.
1/8 cucharadita de sal.
1 cucharadita de maicena.
Aceite vegetal para engrasar.

Modo de preparar

Mezclar los huevos, sal y maicena. Hacer 4 crepas en una sartén ligeramente engrasada.

Para el relleno:

2 cucharadas de aceite de oliva.
2 cucharadas de cebollita de cambray y picada finamente.
250 g de espinacas picadas.
1/2 cucharadita de sal y pimienta.
1/8 de cucharadita de jengibre rallado.
1/8 de cucharadita de ajo rallado.
1 cuadro de tofu exprimido.
1 cucharada de aceite vegetal.
1 clara de huevo.
Pasta de agua con harina.

Modo de preparar

Sofreír la cebolla con el aceite de oliva, agregar las espinacas y saltear otros 4 minutos. Agregar sal y pimienta y tofu. Cocinar a fuego lento 3 minutos más. Enfriar.

Una vez fría la mezcla anterior, agregar la clara de huevo y el aceite. Mezclar hasta incorporar todo perfectamente.

Rellenar cada una de las 4 crepas, enrollar y sellar con la pasta de agua con harina. Colocar los rollitos en una vaporera. Cocinar durante 15 minutos contados a partir de que se empiece a generar vapor.

Enfriar y servir.

7. EDAD ADULTA

La edad adulta es la etapa más larga de la vida, incluye a mujeres y hombres de 18 a 59 años y durante esta etapa ya no hay crecimiento, los requerimientos nutricios son solo para mantenimiento.

Las necesidades energéticas dependen de factores individuales: género, peso, talla, intensidad y duración de las actividades.

Los adultos que realizan actividad física intensa deben consumir mayor cantidad de alimentos energéticos. Además, existe la necesidad de reponer el agua y los electrolitos perdidos en el sudor. Las necesidades de proteínas y de nutrimentos son similares a las de personas con actividad física normal.

En muchos casos hay una menor actividad física que en la adolescencia, con el consiguiente aumento de la masa grasa.

El peso corporal es el mejor indicador para evaluar el balance energético.

Gasto energético = gasto interno (energía para el funcionamiento del cuerpo) + gasto externo (actividad física).

La ingestión de calorías debe ser igual al gasto para mantener un gasto igual a cero y mantener el peso.

A partir de los 30 años los requerimientos de energía disminuyen 0,4 % cada año; lo que quiere decir que si nuestra actividad física no aumenta y seguimos consumiendo las mismas calorías año tras año, aumentaremos de peso.

Según estimaciones de la OMS (Organización Mundial de la Salud), a partir de los 40 años las necesidades metabólicas de energía de la mujer disminuye un 5 % por cada década.

Esto se traduce en la necesidad de un aporte calórico menor, hecho que no suele ser contemplado por la mayoría de mujeres, dando lugar a un aumento de peso que puede conducir a la obesidad si no se soluciona a tiempo.

Las investigaciones científicas demuestran que la alimentación de toda la vida tiene un papel importante en la aparición o no de enfermedades crónico-degenerativas. Los efectos de una alimentación inadecuada tardan años en aparecer.

La prevención es la clave para mantenernos sanos. Las modificaciones en la alimentación que pueden ayudarnos a retardar o evitar la aparición de enfermedades son:

- Moderar el consumo de alimentos de origen animal que tengan grandes cantidades de ácidos grasos saturados y colesterol. Preferir las carnes blancas sobre las rojas.
- Preferir los productos integrales a los refinados.
- Consumir leguminosas regularmente (incluye productos de soja como el tofu).
- Reducir el uso de grasas animales. Preferir aceites vegetales mono y poliinsaturados.
- Aumentar el consumo de fibra, vitamina C y beta-carotenos.
- Moderar el consumo de productos industrializados.

- Moderar el consumo de sal, azúcar y alcohol.
- Tomar de 1,5 a 2 litros de agua al día.
- Reducir el consumo de alimentos curados y ahumados, contienen sustancias cancerígenas.
- Realizar ejercicio adecuado a cada persona.

El estado de salud depende de la elección de alimentos, estilo de vida, medio ambiente e historia familiar.

Los factores de riesgo para las enfermedades crónico-degenerativas (cardiovasculares, cáncer, diabetes, osteoporosis) son la obesidad, la presión arterial alta y el colesterol elevado.

ESTILO DE VIDA SALUDABLE

Son todos los hábitos que ayudan a mejorar y conservar nuestra salud. Esto implica una alimentación correcta, pero no solo eso, sino hacer ejercicio y tener actividades recreativas que nos permitan estar también mentalmente sanos. Para tener un estilo de vida saludable también influyen factores como nuestros valores individuales y el medio ambiente.

Para adoptar un estilo de vida saludable tenemos muchas veces que cambiar nuestros hábitos, incluyendo el de la alimentación y otras actividades, evitar algunos excesos como el alcohol y el cigarro.

RECETAS

ALBONDIGÓN DE TOFU AL VAPOR

Ingredientes

3 cuadros de tofu.

100 g de verduras mixtas congeladas, descongeladas o crudas, picadas en cubitos.

1 huevo.

2 cucharaditas de maicena (fécula de maíz).

2 cucharaditas de salsa Worcestershire (salsa inglesa).

2 cucharaditas de sal.

1 cucharadita de shoyu.

Pimienta negra al gusto.

2 cucharadas de perejil picado.

Modo de preparar

Mezclar perfectamente con la mano todos los ingredientes en un recipiente grande. Engrasar un molde para flan o budinera y cubrir con pan molido. Vaciar la mezcla de tofu y presionar ligeramente para acomodar y emparejar la mezcla. Cubrir el molde con papel aluminio y cerrar la budinera. Colocar una rejilla en la olla a presión y 2 tazas de agua. Colocar la budinera sobre la rejilla y cerrar la olla de presión. Cocinar durante 20 minutos después de que la campana de la olla empiece a sonar.

Al bajar la presión, sacar el molde y desmoldar el albondigón.

Servir una vez frío en rebanadas.

GUACAMOLE CON TOFU

Ingredientes

1 cuadro de tofu.
150 g de pulpa de aguacate maduro.
1/4 cebolla blanca picada fino.
Chile verde serrano picado al gusto (opcional).
Cilantro picado.
1 cucharada de aceite de oliva.
2 cucharaditas de vinagre blanco.
1 cucharadita de jugo de limón.
1 cucharadita de shoyu.
Sal al gusto.
Cilantro picado para adornar y jitomate rebanado
(opcional).

Modo de preparar

Mezclar el tofu con el aguacate en la licuadora con el aceite de oliva, el shoyu y el limón. Vaciar en un recipiente y mezclar con la cebolla, chile y cilantro. Mezclar perfectamente. Rectificar la sazón. Servir adornado con cilantro picado y rebanadas de jitomate.

ENSALADA DE PASTA CON POLLO Y TOFU

Ingredientes

2 pechugas de pollo cocidas y picadas en cubitos.
100 g de pasta de trigo integral (tornillos o coditos)
cocida al dente, refrescada y escurrida.

12 jitomates cherry cortados en cuartos.

1 latita de elote.

2 cebollitas de cambray picadas muy fino, incluyendo el tallo.

1 lechuga francesa, lavada y desinfectada, cortada
en trozos pequeños.

Modo de preparar

Mezclar con cuidado todos los ingredientes. Antes
de servir agregar el aderezo.

Para el aderezo:

1/2 taza de aceite de canola o soja.

1 cucharadita de ajo rallado.

1 cuadro de tofu.

1 cucharada de vinagre blanco.

1 cucharada de jugo de limón.

2 cucharaditas de mostaza de Dijon.

1 cucharadita de pimienta con limón.

1 cucharadita de shoyu.

1/8 cucharadita de salsa inglesa.

Modo de preparar

Mezclar todos los ingredientes en la licuadora hasta
homogenizar.

ENSALADA DE FRUTAS FRESCAS CON SALSA DE FRESA Y DURAZNO

Ingredientes

Frutas frescas a tu elección: fresas, kiwi, durazno, pera, manzana, naranja. Picadas en cubitos.

4 fresas grandes lavadas y desinfectadas, sin tallo.

2 duraznos amarillos frescos, sin semilla.

4 cuadros de tofu.

1/2 taza de azúcar mascabado o fructosa.

Modo de preparar

Preparar la ensalada de frutas y refrigerar.

Moler en la licuadora las fresas con los duraznos hasta incorporarlos perfectamente. Agregar el tofu y continuar moliendo hasta que se homogeneice la mezcla. Agregar el azúcar. Continuar mezclando hasta acremar. Vaciar la mezcla en un recipiente hermético y enfriar por lo menos 3 horas o toda la noche.

Servir la ensalada de frutas en platos individuales, poner la salsa de frutas encima y adornar con una hoja de hierbabuena.

GYODZA CON TOFU

Ingredientes

1 paquete de crepas para gyodza.

Para el relleno:

3 cuadros de tofu exprimidos.

1/4 de cucharadita de jengibre rallado o ajo.

1 cucharada de shoyu.

2 cucharaditas de cebolla de cambray picada finamente, incluyendo el tallo.

2 cucharaditas de maicena.

Sal y pimienta al gusto.

3 hojas de achicoria o col.

Modo de preparar

Poner un recipiente con agua a hervir cuando esté hirviendo, meter las hojas de achicoria o col y dejar que suelte nuevamente el hervor. Sacar las verduras, refrescarlas y escurrirlas muy bien. Picar las hojas en tiras muy delgadas.

Mezclar el tofu con el shoyu y jengibre rallado. Agregar la achicoria picada, sal y pimienta. Mezclar perfectamente. Al final, agregar la otra cucharadita de cebollita mezclada con la maicena.

Rellenar cada tortillita, doblar a la mitad y sellarla con agua.

Poner a hervir 1/2 litro de agua. Mantenerla hirviendo mientras se fríen los gyodzas. En una sartén grande colocar un poco de aceite, freír ligeramente ambos lados de los gyodzas sin que se doren. Acomodar todos los gyodzas en la sartén, sin encimarlos. Agregar suficiente agua hirviendo para cubrirlos. Tapar y reducir el fuego, dejar hervir hasta que se consuma toda el agua.

Colocar los gyodzas en una fuente. Se comen remojándolos en la siguiente salsa.

Salsa:

1/2 taza de vinagre blanco.

1/2 taza de shoyu.

Chile en polvo al gusto.
1 cucharadita de aceite de ajonjolí.

8. EMBARAZO

El embarazo es un periodo de la vida de la mujer en el que se experimente un incremento notable de sus necesidades nutritivas. Este incremento se debe a las demandas requeridas para el crecimiento y desarrollo del feto, para la formación de nuevas estructuras maternas necesarias en la gestación, así como para la constitución de depósitos energéticos en la madre que aseguren las demandas de energía que van a presentarse en el parto y durante la lactancia.

Durante el embarazo se incrementan las necesidades nutricias, particularmente las de energía, hierro, calcio y ácido fólico.

La mujer embarazada debe adecuar el consumo de alimentos, dependiendo de su peso pregestacional y el trimestre del embarazo en curso.

Recomendaciones para una buena alimentación durante el embarazo

Idealmente, el embarazo debe planificarse y los complementos de ácido fólico deben empezar a tomarse tres meses antes de la concepción y seguir hasta las 12 semanas de embarazo. Es importante someterse a un control médico, pues se requiere de la prescripción profiláctica de hierro y ácido fólico son indispensables para la formación de la sangre, el cerebro y la médula espinal del bebé.

Fuentes de ácido fólico: aguacate, espárragos, betabel, coles de Bruselas, brécol, espinacas, levadura, col, coliflor, chíncharos, soya, arroz y pastas integrales.

Desde el inicio del embarazo y hasta el tercer mes debe mantenerse, sin cambios, el consumo de alimentos para evitar ganancias excesivas de peso.

A partir del cuarto mes de embarazo se deben aumentar 300 calorías extras por día para favorecer una ganancia de peso correcta (consulta a tu nutricionista).

Para asegurar el consumo de vitaminas y nutrimentos inorgánicos es necesario consumir frutas y verduras frescas todos los días.

Recomendación de ganancia de peso para mujeres embarazadas de acuerdo con su peso pregestacional

Índice de masa corporal	Ganancia recomendada en kg
Bajo (menor a 20)	12,5 a 18,0
Normal (20-25)	11,5 a 16,0
Alto (25,1-29)	7,0 a 11,5
Muy alto (mayor a 29,1)	Al menos 6,0

NOTA: En las mujeres adolescentes se recomienda el límite superior de la ganancia. En las mujeres pequeñas (estatura menor a 155 cm) se recomienda el límite inferior de la ganancia.

FUENTE: *Nutrition During Pregnancy,* Summary Institute of Medicine, National Academy Press, USA.

Nutriente	Función	Fuente alimenticia
Proteínas	Formación de nuevas estructuras corporales en la madre (placenta, mayor volumen sanguíneo, pechos, útero) y para la formación y el crecimiento del feto.	Huevos, carnes, pescados, leche y productos derivados. Combinaciones como: leche y arroz o trigo o ajonjolí o papa, leche con maíz y soja, legumbres con arroz, alubias y maíz o trigo, soja con trigo y ajonjolí o arroz, y soja con cacahuete y ajonjolí.
Ácidos grasos esenciales	Aporte extra de energía, colaboran en la regulación de la temperatura corporal, envuelven y protegen órganos vitales como el corazón y riñones, es el vehículo de transporte de las vitaminas liposolubles (A, D, E, K), imprescindible para la formación de determinadas hormonas. En el primer trimestre de gestación, el desarrollo embrionario requiere una cantidad pequeña de ácidos grasos esenciales adicionales, pero la acumulación materna normal de grasas y el crecimiento uterino, así como la preparación del desarrollo de las glándulas mamarias, representan una demanda considerable. En el segundo y, sobre todo, en el tercer trimestre, la expansión del volumen sanguíneo y el crecimiento de la placenta y del feto incrementan esas necesidades.	Pescado (mínimo cuatro raciones semanales) en detrimento de las de carne, así como el de aceites de oliva y semillas (girasol, soja) y de frutos secos, entre los que destacan la nuez y la almendra.

NOTA: Los aguacates son ricos en vitamina E. También tienen beta-caroteno, fibra y ácido fólico, necesario para evitar defectos de nacimiento y que ayudan al crecimiento y reproducción de las células. También es rico en proteínas y ácidos grasos monoinsaturados.

RECETAS

ENSALADA DE AGUACATE, NUECES Y TOFU

Ingredientes

1 aguacate mediano maduro.
2 jitomates saladet medianos maduros.
200 g de hojas verdes (espinacas, lechuga, berros, perejil, etc.).
2 huevos cocidos.
1 cuadro de tofu cortado en cubitos, hervido con caldo de pollo o agua con poca sal y refrescado.

Modo de preparar

Colocar en un plato una cama de hojas verdes, poner encima el aguacate, huevo, tofu y jitomate en rebanadas. Rociar con las nueces picadas y el aderezo.

Para el aderezo:

2 cucharaditas de aceite de oliva.
2 cucharadas de vinagre blanco.
2 cucharadas de shoyu.

CREMA DE PIMIENTO Y JITOMATE

Ingredientes

1/2 kilo de jitomates maduros enteros.
3 pimientos rojos o amarillos sin semillas.
1/2 cebolla grande.

1 tallo de apio.

1 cuadro de tofu.

1 cucharadita de caldo de pollo o de verduras en polvo.

1 cucharadita de aceite de oliva.

Modo de preparar

Cocer los jitomates junto con los pimientos en agua salada, suficiente para cubrirlos. En la licuadora moler los jitomates y pimientos cocidos junto con la cebolla y apio crudos, el tofu y el caldo en polvo. Agregar suficiente agua de cocción para poder moler (no debe quedar muy líquida).

Calentar el aceite y verter la mezcla. Cocinar a fuego lento hasta que hierva y se sazone. Agregar agua para obtener la consistencia deseada.

Servir caliente acompañada de galletas integrales.

PUDÍN DE TOFU CON ARROZ

Ingredientes

2 cuadros de tofu majado.

1 taza de arroz integral cocido.

1 1/2 a 2 tazas de leche de soja (o leche descremada de vaca).

6 cucharadas de fructosa.

1/4 cucharadita de sal.

1 cucharadita de canela

1/4 taza de pasitas.

Modo de preparar

Mezclar el tofu, arroz, leche de soja, fructosa, sal, canela y pasitas en una olla grande y cocinar a fuego lento de 10 a 15 minutos o hasta que esté firme.

DIP DE TOFU CON APIO

Ingredientes

2 cuadros de tofu.
2 cucharadas de cebolleta, incluyendo los tallos verdes.
2 cucharadas de apio.
Chile verde al gusto.
2 cucharadas de mayonesa (2 cucharadas de crema, o 1 de crema y otra de mayonesa).
1/2 cucharada de shoyu «Daizu».
Sal y sal de ajo al gusto.
3 cucharadas de ajonjolí tostado.

Modo de preparar

Machacar perfectamente el tofu con un tenedor, agregar el cebollín, apio y chile picados muy finamente, además de la mayonesa o crema, salsa de soja, sal de ajo, sal al gusto y 2/3 del ajonjolí tostado. Mezclar perfectamente.

Adornar con el resto del ajonjolí y unas hojas de apio.

Servir para acompañar papas o botanas fritas, pan o totopos. Como botana baja en calorías, untado en verduras crudas como pepinos, zanahorias o tallos de apio.

SOPA DE MISO CON AGUE Y WAKAME

El wakame es un alga marina que se vende deshi-dratada, muy utilizada en Japón, que provee cantida-des importantes de calcio, el miso y el ague (totu frito) nos dan proteínas y ácidos grasos Omega 3 y Omega 6.

Ingredientes

1 1/4 taza de caldo o agua.
1/3 de taza de wakame rehidratado, cortado en tiras delgadas.
50 g de ague sin sabor, cortado en tiras.
2 cucharadas de miso.
1 cucharada de cebollita verde en rodajas, incluyen-do el tallo.

Modo de preparar

Colocar el ague cortado en una coladera. Verter encima del ague aproximadamente una taza de agua hirviendo, para eliminar el exceso de grasa.

Poner a hervir el caldo o agua junto con la cebolla, ague y wakame. Cocinar hasta que el ague esté suave. Agregar el miso diluido con un poco del mismo caldo. Calentar justo hasta hervir. Servir de inmediato.

9. CLIMATERIO Y MENOPAUSIA

El climaterio es la etapa en la que la función ovárica empieza a disminuir. Se presentan alteraciones menstruales: esterilidad y la suspensión de la menstruación.

La menopausia natural se da en las mujeres de entre 40-48 años de edad, con un promedio de 51 años, y se establece cuando se ha cumplido un año completo del cese de la menstruación.

La menopausia inducida se puede dar a cualquier edad y es provocada por cirugía.

La menopausia en mujeres con más de un parto y sobrepeso, y en las fumadoras, puede presentarse dos años más tarde. En mujeres que no tuvieron partos, tienen historial de enfermedad cardiaca y radicación de pelvis por cáncer suele presentarse antes.

El cuerpo femenino en esta etapa de la vida experimenta una serie de desarreglos orgánicos, consecuencia directa de la falta de estrógenos (hormonas sexuales femeninas). Para algunas mujeres, estos cambios se traducen en síntomas soportables; sin embargo, otras muchas sufren física y emocionalmente las consecuencias de la ausencia hormonal.

Síntomas habituales

Los síntomas que sugieren el comienzo de la menopausia van desde los comunes sofocos, acompañados de calor, enrojecimiento facial y sudoración, hasta desórdenes psíquicos. La descalcificación ósea y otros trastornos esqueléticos se presentan con mayor incidencia en este grupo de población.

Sofocos. Son uno de los primeros signos y pueden producirse dos o tres años antes de que las menstruaciones lleguen a desaparecer totalmente. Esta sensación repentina de calor en la cara y en el cuello progresa hacia el pecho y los brazos y va seguida de sudoración y frío. A veces se acompaña de enrojecimiento de la piel y se acelera el pulso.

Sequedad vaginal. Cuando la producción de estrógenos disminuye, las paredes de la vagina se hacen más frágiles y delicadas y se reduce la humedad natural. Esto puede producir sensación de escozor, tirantez o sequedad, aunque no se manifiesta en todas las mujeres.

Alteraciones psíquicas. La irritabilidad, la ansiedad, el nerviosismo y el insomnio son las afecciones más frecuentes, aunque hay quien llega a padecer depresión.

Descalcificación de los huesos. El deterioro óseo favorece el desarrollo y aparición de la osteoporosis, y por tanto existe un riesgo mayor de fracturas y otros trastosnos esqueléticos, como encorvamiento, reducción de la estatura, caída del cabello y fragilidad de huesos, piel y uñas.

Tendencia a engordar. Durante esta etapa es habitual un incremento lento y progresivo de peso de 2 a 3 kilos, y un cambio en la distribución de la masa grasa, lo que se traduce en un aumento del volumen de grasa en la zona abdominal, que es un factor de riesgo para enfermedades cardiovasculares.

Cuidar la alimentación

A partir de los 40 años las necesidades metabólicas de energía de las mujeres disminuyen un 5 % por cada década. Lo que se traduce directamente en la necesidad de un aporte calórico menor.

Si no existen complicaciones o enfermedades asociadas durante este periodo, la alimentación deberá seguir los patrones de dieta equilibrada en función de aspectos individuales como la edad, la talla y la actividad física, entre otros.

Nutrientes recomendados durante la menopausia

Nutriente	Fuente alimentaria
Calcio	Leche y lácteos descremados. Pescados.
Fitoestrógenos	Productos de soja, tofu, miso, leche de soja. Germen de alfalfa. Avena, trigo y arroz integrales.
Vitamina E	Germen de trigo. Nueces. Huevos. Aceite de oliva.
Agua	Agua simple. Infusiones. Jugos de verduras como zanahoria y betabel. Caldos de verduras.

EVITAR: Alimentos muy condimentados, cafeína (café, té negro y refrescos de cola) que disminuyen la absorción de calcio; alcohol, productos refinados, exceso de grasas saturadas.

RECETAS

HOT CAKES DE TOFU Y AMARANTO

El amaranto se considera el grano del futuro. Fue el alimento básico de los aztecas, olvidado por cientos de años y redescubierto en los 70 del pasado siglo. A diferencia de otros cereales, no es deficiente en lisina. Excelente fuente de calcio, hierro, cobre y magnesio.

Ingredientes

1 taza de cereal de amaranto.
1/4 taza de harina de trigo integral.
1 cucharadita de polvos de hornear.
1/2 cuadro de tofu.
3/4 taza de leche de soya sabor avena.

Modo de preparar

Mezclar en un recipiente mediano el amaranto, harina y polvo de hornear. Licuar el tofu con la leche de soja. Agregar la mezcla líquida a los ingredientes secos batiendo con una cuchara hasta que los ingredientes estén bien combinados. Si la mezcla resulta muy gruesa, se puede agregar un poco más de leche. Hacer los hot cakes en una sartén antiadherente, cocinar a fuego medio y voltearlo cuando la superficie superior se haya cubierto de burbujas. Cocinar por el segundo lado.

TOFU DE VERDURAS Y ARROZ

Ingredientes

1/3 taza de shoyu.
1/3 taza de vinagre blanco.
3 cucharadas de aceite de ajonjolí.
2 cuadros de tofu, escurrido y cortado en cubos.
1/2 taza de zanahoria picada.
1/2 taza de apio picado.
1/2 taza de calabacitas tiernas picadas.
1/4 taza de cebollitas de cambray picadas.
1 taza de arroz cocido al vapor.

Modo de preparar

Marinar los cubos de tofu con una mezcla hecha con el shoyu, vinagre y aceite, reposar por lo menos 2 horas.

En una sartén antiadherente calentar el tofu con la salsa, agregar las verduras. Cocinar a fuego medio hasta que las verduras estén crujientes y tiernas. Agregar el arroz, mezclar para que el platillo se caliente completamente. Servir caliente.

ENSALADA DE TOFU MARINADO

Ingredientes

2 cuadros de tofu prensado, cortado en «fajitas».

Para marinada:

2 cucharadas de shoyu.
1/3 taza de vinagre de arroz.

1 pizca de azúcar.
1 cucharadita de mostaza.

Modo de preparar

Cubrir el tofu con la marinada y dejar reposar durante una hora, volteando ocasionalmente las fajitas y bañándolas con la marinada.

Escurrir el tofu de la marinada. Dorar por ambos lados las fajitas de tofu en el aceite de oliva muy caliente. Sacar y reservar.

Para el aderezo:

1 cuadro de tofu escurrido.
3 cucharadas de vinagre blanco.
2 cucharadas de aceite de oliva.
2 cucharaditas de shoyu.
Una pizca de pimienta negra.
1/4 cucharadita de eneldo.
1 diente de ajo.

Modo de preparar

Mezclar todos los ingredientes en la licuadora hasta obtener una mezcla tersa.

Acomodar en una fuente:

4-6 hojas de lechuga francesa.
2 tazas de germen de alfalfa.
1 manojo de berros picados.
1 huevo cocido cortado en cubitos.
1 jitomate cortado en cubitos.

Servir con el aderezo y espolvorear con ajonjolí tostado o semillas de linaza.

SOPA DE CEBOLLA CON TOFU, MISO Y HUEVO

Ingredientes

2 tazas de caldo.
1 cebolla cortada en rebanadas muy finas.
2 cucharadas de miso.
1 cuadro de tofu.
2 huevos batidos ligeramente.
1 pizca de pimienta.

Modo de preparar

Combinar el caldo con la cebolla y hervir en un recipiente chico, cocinar a fuego lento durante 5 minutos. Agregar el miso acremado con un poco del mismo caldo caliente. Agregar el tofu cortado desmenuzado. Dejar que vuelva a hervir. Agregar el huevo batido colado, lentamente, mientras se agita el caldo. Volver a hervir, agregar la pimienta y servir.

LICUADO DE TOFU CON AVENA

Ingredientes

1/2 cuadro de tofu.
1 cucharada de miel de abeja pura o edulcorante bajo en calorías al gusto.

1/2 cucharada de avena cruda.
1 taza de agua o jugo de fruta fría.
1/4 manzana.

Modo de preparar

Mezclar todos los ingredientes en la licuadora durante un minuto. Servir frío.

10. ANDROPAUSIA

Desde hace algunos años se comenzó a usar el término andropausia para englobar las alteraciones que comienzan a afectar al varón hacia los 50 años, debido a un descenso en los niveles de testosterona y de otras hormonas.

La testosterona es la hormona responsable del «hombre»: constituye músculos y causa la libido.

Este descenso de hormonas no es universal, y no todos los hombres lo presentan ni sufren este proceso en la misma magnitud.

La andropausia no es tan brusca como la menopausia. Se trata de un proceso lento y gradual que tiene que ver con el progresivo descenso del nivel de andrógenos (hormonas sexuales masculinas), lo cual repercute en todos los procesos orgánicos.

A partir de los 60 años se detectan descensos significativos del nivel de testosterona en la sangre. También disminuyen otras hormonas androgénicas, pero el mejor indicador de la andropausia parece ser la testosterona. A la edad entre 80-85 años, los niveles medios de testosterona bajan aproximadamente un 60 % en comparación con los registrados a los 25 años de edad. Sin embargo, estos niveles son tan diferentes entre individuos que no pueden ser tomados más que como un promedio estadístico. Por tanto, algunos varones de 80 años de edad pueden presentar niveles de testosterona que siguen hallándose dentro del intervalo normal para adultos jóvenes.

Aunque algunos autores refieren a la edad como el factor más importante en los cambios hormonales, hay también evidencias de que las medidas antropométricas (peso, talla, perímetros cutáneos) y el estilo de vida tiene algún rol en estos cambios. El estrés y las enfermedades aceleran la disminución de la función de las células de Leydig (productoras de testosterona).

Como en el caso de la falta de estrógenos, la deficiencia de testosterona tiene sus propios síntomas. Puede haber pérdida de hueso (osteoporosis), impotencia, debilidad, pérdida de la memoria y depresión como síntomas, y quizá, según el doctor Robert Tan, geriatra de la Universidad de Texas, los síntomas pueden revertirse con testosterona exógena.

La andropausia es un síndrome, y ello significa que se trata de un conjunto de síntomas muy variados.

En realidad debe considerarse una parte del desarrollo masculino y no una enfermedad. Desgraciadamente, muchas enfermedades como la depresión clínica, hipotiroidismo y diabetes coinciden con los fenómenos fisiológicos de la andropausia.

Síntomas de la andropausia

- A diferencia de los sofocos que presenta la mujer, en el hombre se presentan escalofríos.
- Flacidez del pene y remisión testicular. Esto conlleva a una disminución en la producción de esperma y testosterona, causa de que disminuya el deseo sexual.
- La próstata comienza a amasar tejido conjuntivo capaz de complicar la micción y la eyaculación (retrasada y menos potente).
- Descalcificación ósea. La masa ósea disminuye, lo que conlleva a una reducción de la estatura en unos 5,5 centímetros y posibilidades de que aparezca la osteoporosis.
- Tendencia a engordar. Se produce un incremento de la grasa, localizada principalmente en la zona abdominal, y una pérdida de masa muscular de alrededor de 10 kilos (dependiendo de la talla de cada individuo).
- Alteraciones psíquicas. Cambios en la conducta y en la actitud, leves y progresivos o drásticos e intempestivos, dependiendo de la estructura y estabilidad psicológica de esa persona.

Alimentos durante la andropausia

Definitivamente, los hombres maduros deben consumir cantidades moderadas de proteína. Consumir muchas frutas y verduras frescas, así como cantidades mínimas de carbohidratos (pan, pasteles, donas, arroz, pasta, etc.); si puedes, evítalas.

Las investigaciones muestran que los alimentos altos en proteínas y bajos en carbohidratos causan los mayores niveles sostenidos de testosterona y de hormona del crecimiento. En la andropausia hay pérdida de masa muscular, que se sustituye con grasa, por lo que el reemplazo de proteínas es importante.

Las frutas y verduras pueden actuar como valiosos antioxidantes y tienen propiedades de antienvejecimiento.

Necesitas consumir algunas grasas si quieres producir testosterona. La testosterona se produce a partir del colesterol. Como tal, no todo el colesterol es malo. Se está investigando el papel de los complementos alimenticios de cinc para mantener la testosterona.

Tanto la falta como el exceso de ejercicio producen una baja en los niveles de testosterona. El ejercicio estimula a la glándula pituitaria a producir gonadotropinas reguladoras para, a su vez, estimular a los testículos a producir testosterona. Paradójicamente, los entrenamientos de resistencia como correr más de una hora pueden provocar una disminución en la testosterona. El ejercicio aeróbico moderado combinado con pesas durante 20-30 minutos varias veces a la semana es el que produce más testosterona.

Las investigaciones señalan que periodos cortos de ejercicio intenso parecen ser más efectivos que el ejercicio de baja intensidad continuo. Sin embargo, cada hombre debe consultar a su médico antes de empezar un programa de ejercicio para que este se adecue a su estado físico.

Por otra parte, es recomendable dejar de fumar y de tomar bebidas alcohólicas.

La terapia de reemplazo hormonal en hombres está en proceso de investigación. Muchos varones han reportado el alivio de los síntomas mencionados al hacer cambios en su dieta, pues han incluido en ella productos de soja, ajonjolí y otras fuentes naturales de calcio. Lo que parece ayudar a reestablecer su balance natural de hormonas de una manera natural.

La testosterona natural puede producirse en el cuerpo cuando se consume una dieta rica en soja. La soja contiene diosgenina, que cuando se digiere se convierte en testosterona.

RECETAS

LICUADO HAWAIANO

Ingredientes

1 taza de jugo de piña.
1 taza de piña fresca picada.
1 plátano maduro.
2 cuadros de tofu.
Hielo picado.

Modo de preparar

Moler todos los ingredientes en la licuadora. Servir bien frío.

ENSALADA DE LECHUGAS CON ADEREZO CREMOSO DE AJO HORNEADO

Ingredientes

1 cabeza de ajo.
3 cuadros de tofu escurrido.
1/2 cucharada de ralladura de limón.
1/4 de taza de jugo de limón.
1 cucharadita de aceite de linaza o de ajonjolí.
3/4 cucharadita de sal.
1 lechuga francesa.
1 lechuga italiana.
1 lechuga morada.
1 taza de germinado de alfalfa.

Modo de preparar

Precalentar el horno a 44 ºC, envolver la cabeza de ajo en papel de aluminio, colocarlo en una bandeja para hornear y cocinar durante 45 minutos. Enfriar. Exprimir la pulpa de ajo en la licuadora. Añadir el tofu, jugo y ralladura de limón, sal y aceite. Mezclar hasta homogeneizar.

Lavar y desinfectar las lechugas y germinado de alfalfa. Cortar las lechugas en pedazos grandes, mezclar con el germinado y mezclar bien con el aderezo.

TOFU-EBI KOROKKE
(Croquetas de tofu con camarón)

Ingredientes

2 cuadros de tofu «Daizu».
1 cucharadita de sal para cocer el tofu.
200 g de camarón crudo.
50 g de carne de puerco molida (de preferencia un poco grasosa).
2 cucharadas de cebolla finamente picada.
1/2 huevo batido ligeramente.
2 cucharadas de maicena.
Sal y pimienta al gusto.

Modo de preparar

En un recipiente con agua y una cucharadita de sal colocar el tofu desmenuzado en trozos medianos y cocinar tres minutos después de que empiece a hervir. Escurrir el tofu en una coladera cubierta con un paño limpio. Escurrir toda el agua y cerrar el paño para exprimir el tofu una vez que se haya enfriado un poco.

Mezclar el tofu con los demás ingredientes, sazonando al gusto con sal y pimienta.

Hacer bolitas de aproximadamente 3 cm de diámetro (salen aproximadamente 24 croquetas).

Freír las croquetas en aceite a fuego medio para que se cocinen hasta dentro. Servir las croquetas con un aderezo de salsa de soja con vinagre y mostaza.

«FILETE» DE TOFU

Ingredientes

2 cuartos de tofu prensados, cortados a la mitad por
lo alto.
1/2 cucharadita de sal.
Polvo de ajo.
1/8 cucharadita de pimienta.
5 cucharadas de aceite vegetal.

Para la salsa de champiñones:

3 cucharaditas de aceite de oliva.
3 cebollitas de cambray en rebanadas finas.
500 g de champiñones rebanados.
1/2 cucharadita de sal.
1/8 cucharadita de pimienta.
2 cucharadas de perejil picado finamente.

Modo de preparar

Salpimentar las rebanadas de tofu por ambos lados,
espolvorear suficiente polvo de ajo y freír; voltear
hasta que el primer lado esté dorado. Freír el segundo
lado. Colocar sobre papel absorbente. Reservar.

Freír la cebolla en el aceite hasta que se haga transparente, agregar los champiñones, la sal, la pimienta y
el perejil. Cocinar a fuego medio hasta que los champiñones estén tiernos.

Colocar las rebanadas de tofu fritas en platos individuales, bañar con la salsa de champiñón.

NOPALITOS CON TOFU ESTILO FU

Una receta de nuestro amigo taiwanés, el señor Fu.

Ingredientes

1 cuadro de tofu.
6 nopales chiquitos.
1-2 jitomates saladet medianos.
150 g de aguacate Hass.
1 cucharada de crema o media crema.
Shoyu al gusto.
Unas ramas de cilantro.
Sal, sal de ajo y pimienta al gusto.
Aceite de oliva.

Modo de preparar

Cortar el tofu a la mitad por lo alto, y en 3 por lo ancho. Exprimir el tofu entre 2 toallas absorbentes y colocar un peso para extraer la mayor cantidad de agua posible. Espolvorear el tofu con sal, sal de ajo y pimienta al gusto. Dorar cada pieza por ambos lados y escurrir. Apartar.

Hervir los nopalitos en sal con agua y un poco de orégano. Escurrir el agua y enfriar. Reservar.

Preparar una mezcla con el aguacate, hecho puré, con la salsa de soja y la crema. Reservar.

Rebanar los jitomates en rodajas delgadas. Reservar.

Lavar, desinfectar y picar el cilantro finamente.

Untar cada nopalito frío con la mezcla de aguacate. Colocar encima una rebanada de jitomate, un trozo de tofu y cilantro picado.

11. EL ADULTO MAYOR

Actualmente se utiliza el término «tercera edad» para englobar al grupo de personas mayores de 65 años, y el de «muy ancianos» para quienes tienen más de 80 años, y así diferenciarlos de las personas más jóvenes, dada la longevidad creciente que en general se observa en la población.

Es impreciso marcar una edad para aceptar que a partir de entonces comienza la tercera edad, puesto que el envejecimiento es un proceso progresivo que no todas las personas experimentan con la misma intensidad.

La composición corporal varía a lo largo de la vida, y estos cambios están notablemente influenciados por el tipo de alimentación, la práctica de ejercicio, la edad, la situación fisiológica o patológica, el consumo de ciertos medicamentos, etc.

Podemos definir por composición corporal al conjunto de apartados en los que se compone el cuerpo humano: agua, tejido muscular, tejido adiposo y hueso.

Es muy diferente la composición corporal de dos individuos de la misma edad, talla y peso, dependiendo de la alimentación y del tipo, duración y frecuencia de ejercicio físico que realice cada uno de ellos. Más marcada será esta diferencia si uno de ellos es sedentario. Además, la composición corporal sufre modificaciones a consecuencia de la edad.

A partir de los 30 años comienza a deteriorarse la condición física de una persona, sobre todo en aquellas personas que no están habituadas a practicar algún tipo de actividad física con regularidad. El estilo de vida sedentario favorece la aparición y desarrollo de numerosos trastornos de salud que reducen la esperanza de vida y empeoran la calidad de la misma. Asimismo, a partir de los 30 años comienza a disminuir el número y el grosor de fibras musculares y, en consecuencia, se reduce la masa muscular, que se acentúa a partir de los 50 años. Además, a partir de esta edad aumenta la acumulación de la grasa intramuscular.

Durante el proceso de envejecimiento tienen lugar una serie de cambios en la composición del cuerpo, como son:

Aumenta la grasa, principalmente aquella que envuelve a las vísceras (riñones, hígado, etc.), con respecto a la etapa adulta: 18 % varón adulto, 36 % en la persona mayor, 33 % mujer adulta, 45 % en la anciana.

Se reduce la masa muscular, que implica: disminución del agua corporal total; aumenta la tendencia o el riesgo de deshidratación. Disminución de la masa ósea; mayor riesgo de fracturas y osteoporosis, en especial en las mujeres.

A los 80 años de edad, una persona sedentaria puede haber perdido entre un 30 y un 40 % de la masa muscular que tenía a los 30 años. La pérdida de masa muscular se acompaña de disminución de la fuerza muscular. La pérdida de fuerza en las personas mayores está directamente relacionada con una reducción de la movilidad y de la capacidad para realizar tareas de la vida cotidiana, por lo que aumenta el riesgo de sufrir caídas, etc. Por esta razón es por lo que resulta tan importante fomentar la práctica diaria de actividad física entre las personas mayores. Ejercicios sencillos como caminar a paso ligero, subir y bajar las escaleras, nadar, andar en bicicleta, entre otros, pueden resultar de interés para frenar la pérdida de masa muscular y las consecuencias negativas que lo acompañan.

Alimentación en la tercera edad

Debido a los cambios en la composición corporal y, generalmente, al descenso en la actividad física, las personas mayores deben tener muy en cuenta la alimentación, tomar un menor número de calorías en comparación con etapas anteriores de su vida, ya que, de no ser así, de forma progresiva se tenderá a engordar. Asimismo, se debe asegurar un aporte adecuado de proteínas de calidad a través de la alimentación para compensar la pérdida de masa muscular, además del consumo de alimentos de mayor contenido de calcio y de fibras dietéticas.

Se recomienda la integración de una dieta para el adulto mayor a partir de la alimentación familiar, adecuándola a las limitaciones motrices, funcionales y sensoriales más frecuentes. Se fraccionará la dieta en más de tres comidas al día.

Necesidades de alimentos en las personas mayores

No existe una modalidad dietética que sirva para todo el mundo; la dieta debe ajustarse a las necesidades particulares en función de factores muy diversos. Sin embargo, existen una serie de recomendaciones generales que pueden llevarse a cabo y permiten cubrir las necesidades de energía y de nutrientes de todas las personas mayores, con el fin de promocionar una mejor calidad de vida.

Nutriente	Función	Fuentes alimenticias
Hidratos de carbono y grasas	Energía. Cerca de los 50 años, las necesidades de energía disminuyen considerablemente. De los 65-70 años, el nivel de azúcar en la sangre es más elevado de lo normal, y por ello es preferible que se consuma menor cantidad o con menor frecuencia dulces, repostería, bebidas con azúcar.	Cereales y legumbres en cada tiempo de alimento. Disminuir el consumo de grasa saturadas. A pesar de requerirse menor cantidad de energía, con frecuencia la alimentación es insuficiente e inadecuada, por lo cual está en riesgo de desnutrición.
Proteína	Mantenimiento de órganos, tejidos (músculos, huesos) y sistema inmune para combatir eficazmente infecciones y enfermedades.	Leche y lácteos, carne o pescado o huevo y sus derivados, como segundo plato en las principales comidas y sus derivados en menor cantidad en almuerzos y meriendas.
Vitaminas, minerales, agua y fibra	Regulan todos los procesos que tienen lugar en el organismo.	Incluir diariamente algo de verdura y fruta fresca. Cantidad suficiente de líquidos, especialmente en temporadas de calor intenso. Tomar agua, zumos de frutas, infusiones, caldos y sopas, gelatinas de sabores a lo largo del día ayuda a limpiar el organismo, se evita la deshidratación y se reduce el riesgo de infecciones respiratorias

RECOMENDACIONES GENERALES

- Variar al máximo la alimentación.
- Mantener unos horarios de comidas de un día para otro.
- Distribuir la alimentación en 5-6 tomas/día; conviene comer más a menudo pero menores cantidades.
- Técnicas culinarias y condimentación: prefiera las más sencillas y suaves: cocido, vapor, horno, plancha, papillote, guisos y estofados con poco aceite y quitando la grasa invisible del alimento antes de su cocinado. Para condimentar puede emplear gran variedad de especias y yerbas frescas que enriquecen en aromas y sabores el menú de cada día.
- Consuma ocasionalmente o en poca cantidad alimentos que aportan muchas calorías pero que no nutren: dulces, repostería.

Aunque la relación entre nutrición y salud es incuestionable, la malnutrición es uno de los problemas clínicos más frecuentes entre la población de la tercera edad y pasa desapercibido.

FACTORES QUE INFLUYEN EN EL ESTADO NUTRICIONAL EN LA TERCERA EDAD

Cambios fisiológicos

Existe una percepción de la sensación de sed asociada al proceso de envejecimiento. Esto determina un riesgo alto de deshidratación, especialmente cuando se producen pérdidas excesivas de líquido: sudoración, vómitos, diarreas, quemaduras, empleo de diuréticos, etc.

El aparato gastrointestinal también experimenta modificaciones importantes. Si empezamos por la boca, tal vez la más significativa sea la falta de piezas dentarias y su principal consecuencia es la dificultad para masticar. La disminución de la secreción de saliva y los sabores se perciben de manera diferente, generando una dificultad para la deglución.

También disminuye la superficie y capacidad de absorción de la mucosa del estómago e intestino. A todo ello hay que añadir las enfermedades digestivas, que son más frecuentes en las personas de la tercera edad. Asimismo, con la edad se ve afectado el sentido del olfato.

Cambios psicológicos

Los hábitos alimentarios de las personas de la tercera edad son el resultado de unos patrones de conducta establecidos durante muchos años y por tanto muy difíciles de cambiar.

Diversas situaciones que cambian estas costumbres pueden alterar la alimentación: hospitalización prolongada, alejamiento de la familia, enfermedad del cónyuge, muerte del cónyuge, incapacidad física.

Medicamentos, alcohol y tabaco

Las personas de la tercera edad consumen con frecuencia varios medicamentos debido a la elevada prevalencia de enfermedades crónicas.

Los medicamentos pueden interferir en el estado nutricional por varios mecanismos que guardan relación con la absorción, el metabolismo o la excreción de distintos nutrientes.

También el alcohol y el tabaco pueden afectar al estado nutricional.

Las llamadas enfermedades de la vejez son en muchos casos enfermedades crónicas con implicaciones nutricionales muy importantes.

Malnutrición

Por diversas causas fisiológicas, patológicas, psicológicas o sociológicas, las personas de la tercera edad tienen con frecuencia una restricción de la ingesta calórica, lo que a la larga les produce una disminución significativa del aporte de nutrientes.

La malnutrición es un problema de gran importancia y seguramente de mayor incidencia que la estimada, siendo graves sus repercusiones físicas, psíquicas y sociales en las personas de la tercera edad.

Obesidad

La mayoría de los adultos tienden a desarrollar sobrepeso y almacenar grasa. El sobrepeso de un 20 % superior al peso deseado en las personas de la tercera edad se considera obesidad.

Una fórmula sencilla para calcular el peso ideal (PI) en personas de más de 60 años de complexión media es:

$$PI = \text{Estatura en centímetros} - 100 \text{ *}$$

Diarrea y estreñimiento

La diarrea y el estreñimiento son síntomas muy frecuentes en la edad avanzada, y ambos pueden relacionarse muchas veces con factores nutricionales.

Las causas de la diarrea difieren poco entre las diferentes edades y, si son prolongadas, pueden llegar a ser serias y ocasionar complicaciones, principalmente déficit en uno o más nutrientes esenciales, incluyendo vitaminas y minerales, aunque el problema más peligroso es sin duda la deshidratación de las personas de la tercera edad.

El estreñimiento es frecuente en las personas con malos hábitos alimentarios, ingesta de dietas muy trituradas, ingesta inadecuada de líquidos y habituación al consumo de laxantes.

Hipertensión arterial

La hipertensión arterial en los pacientes de edad avanzada es frecuente y afecta a un tercio de las perso-

---

* Se debe reducir un 10 % en los hombres y un 15 % en las mujeres.

nas que superan los 60 años. En muchas personas de la tercera edad esta afección coincide con otras como diabetes, obesidad, aterosclerosis, enfermedades degenerativas, las cuales pueden contribuir a la hipertensión.

Diabetes

La diabetes de las personas mayores constituye una de las enfermedades más frecuentes. Entre un 8 y un 10 % la padecen:

- Diabéticos en los que la enfermedad aparece después de los 65 años (diabetes de la tercera edad).
- Diabéticos anteriormente conocidos, que llegan a esta edad, en los cuales la enfermedad conserva sus características iniciales.

Aterosclerosis

La enfermedad arterial es con frecuencia una situación grave en las personas de la tercera edad, a quienes el envejecimiento afecta el tamaño del corazón y las arterias coronarias, así como las válvulas del corazón.

Osteoporosis

Este trastorno es muy frecuente en la edad avanzada, y suele afectar mayoritariamente a mujeres posmenopáusicas.

CUESTIONARIO DE EVALUACIÓN DE RIESGO POR ALIMENTACIÓN INCORRECTA EN LOS ADULTOS DE LA TERCERA EDAD
(Adaptado del National Council of Aging)

Por cada respuesta SÍ sume 1 punto, por cada respuesta NO no hay puntos.

1. ¿Hace menos de 2 comidas al día?
2. ¿Come menos de 5 raciones de fruta y verdura por día?
3. ¿Toma más de 3 copas de bebida alcohólica por día?
4. ¿Tiene problemas para masticar por sus dientes y encías?
5. ¿Come solo la mayoría de las veces?
6. ¿Tiene problemas para ir a comprar sus alimentos?
7. ¿Tiene problemas para preparar sus alimentos?
8. ¿Padece alguna enfermedad que no le permita comer como lo hacía anteriormente?
9. ¿Toma más de tres pastillas de medicamentos al día (no vitaminas)?
10. ¿Ha bajado más de 4 kilos en los últimos tres meses?

Evaluación

- Más de 5 puntos: ALTO RIESGO.
  Buscar ayuda y solicitar orientación profesional.
- De 3 a 5 puntos: BAJO RIESGO.
  Revisar las respuestas afirmativas y, si es posible, modificarlas.
- Menos de 3 puntos: SIN RIESGO.
  Repita dentro de 6 meses.

RECETAS

CEVICHE DE TOFU

Ingredientes

3 cuadros de tofu, hervido con caldo en polvo de pollo, camarón o vegetales.
450 g de jitomate picado en cuadritos.
1/2 cebolla blanca mediante picada.
1 manojo de cilantro picado regular.
Chile serrano verde picado al gusto.
Jugo de 3 limones (o al gusto).
Salsa catsup al gusto.
Sal y pimienta negra.
Aguacate maduro rebanado para adornar (opcional).

Modo de preparar

Refrescar, enfriar y escurrir el tofu. Reservar.

En un recipiente mezclar el jitomate, cebolla, chile, cilantro, jugo de limón y catsup. Mezclar perfectamente, rectificar la sazón, debe quedar un poco salado y agrio, considerando que falta el tofu.

Agregar el tofu bien frío y mezclar con cuidado. Servir adornado con rebanadas de aguacate. Acompañar con galletas saladas integrales.

PECHUGAS DE POLLO RELLENAS DE TOFU EN SALSA VERDE

Ingredientes

4 bistecs de pechuga de pollo aplanados, sin hueso ni piel.
1/2 taza de chícharos cocidos.
1 cuadro de tofu exprimido.
Sal para sazonar.
Chile chipotle en escabeche al gusto (opcional).
1/4 de cebolla blanca finamente picada.
1 cucharadita de aceite de canola o soja.
Para la salsa verde:
1/2 kg tomates verdes.
2 ramas de cilantro.
1 rama de epazote.
Chile chipotle (al gusto).
Ajo.
Cebolla.
1 cucharadita de caldo de pollo o de verduras en polvo.
Sal al gusto.

Modo de preparar

Acitronar la cebolla picada, retirar del fuego, agregar el tofu exprimido, el chipotle molido y los chícharos. Rectificar la sal.

Rellenar cada una de las pechugas con 1/4 del relleno y enrollar. Fijar con palillos de madera. Reservar.

Preparar la salsa moliendo todos los ingredientes.

En una cacerola colocar 1 cucharada de aceite y freír la salsa. Dejar hervir durante un minuto a fuego medio.

Agregar las pechugas y agua suficiente para cubrirlas. Bajar el fuego y cocinar hasta que las pechugas estén cocidas.

ENSALADA BLANCA

Ingredientes

250 g de coliflor cruda picada regular.
1/4 taza de champiñones crudos picados en rebanadas finas.
1/3 taza de aceite de oliva.
1 clara de huevo ligeramente batida.
1 cuadro de tofu «revuelto».
1/2 taza de queso cottage.
Pimienta blanca.

Modo de preparar

Mezclar el jugo de limón con el aceite, sal y pimienta. Agregar gradualmente la clara batida. Enseguida adicionar el tofu y el queso cottage. Mezclar los champiñones con la coliflor. Aderezar con la salsa de tofu.

PARFAIT DE FRUTAS CON TOFU Y GRANOLA

Ingredientes

2 cuadros de tofu.
3 cucharadas de miel o equivalente en edulcorante artificial.

2 cucharaditas de extracto de vainilla natural.
1 taza de fresas picadas.
1 manzana picada en cubos.
1/2 taza de granola.
2 cucharadas de pasitas.

Modo de preparar

Combinar el tofu con la vainilla y la miel. Licuar hasta que se haga cremoso. Vaciar en un recipiente hondo, mezclar con las fresas.

Acomodar en copas transparentes una capa de manzana, una capa de la mezcla de tofu y una capa de granola, alternando. Terminar con pasitas.

TACOS DE TOFU CON GUACAMOLE

Ingredientes

2 aguacates Hass medianos y maduros.
1/4 taza de cebolla morada picada.
2 cucharadas de jugo de limón.
1 lata pequeña de chiles chipotles en adobo.
3/4 cucharadas de sal.
1 cuadro de tofu.

Modo de preparar

Mezclar en la licuadora todos los ingredientes.

Prepara los tacos: tortillas de maíz o harina, hojas de lechuga, 1 jitomate maduro en tiras, 4 tiras de tocino muy doradas y exprimidas con papel absorbente (opcional).

Calentar las tortillas, rellenarlas con la mezcla de aguacate, colocar en cada taco una hoja de lechuga, una tira de jitomate y un poco de tocino desmoronado.

12. IMPORTANCIA DEL SUEÑO. TOFU EN CENAS LIGERAS PARA DESCANSAR, CRECER Y MANTENERSE

Dormir bien es vital para el bienestar físico y emocional. Es necesario para la producción de las hormonas del crecimiento que permiten que el cuerpo produzca proteínas para el desarrollo y la reparación celular.

El sueño también tiene impacto sobre el estado de ánimo. Un sueño de mala calidad o insuficiente produce fatiga extrema, irritabilidad e incluso inestabilidad mental.

Se cree que la ansiedad, la depresión y el estrés son los responsables del 50 % de los casos de insomnio (dificultad de conciliar el sueño). Otras causas pueden ser el malestar físico, el abuso de excitantes, o bien las comidas muy copiosas antes de acostarse.

El abuso de café, té, chocolate y de otras bebidas con extractos de cafeína tipo cola o con extractos de guaraná o de gingseng, alteran nuestro sistema nervioso y están completamente desaconsejadas en caso de sufrir de insomnio. Este tipo de bebidas se debe evitar por la noche y a partir de media tarde. Si desea disminuir au consumo, hágalo gradualmente, pues la falta repentina de cafeína puede causar insomnio.

No solo debemos tener en cuenta el limitar las bebidas excitantes, ya que, por ejemplo, una cena muy abundante, aun siendo a base de alimentos «sanos», provoca dificultades para conciliar el sueño e incluso puede hacer que tengamos pesadillas.

Lo ideal, tanto para facilitar la digestión como para conciliar el sueño, es realizar una cena sencilla y más ligera que la comida, no tomar alimentos en las dos horas antes de acostarse y sustituir las bebidas excitantes por infusiones relajantes.

Evitar los alimentos dulces como galletas, pasteles y caramelos, porque aumentan los niveles de glucosa en sangre, cuando el cuerpo se prepara para descansar. El cuerpo se turba cuando se concentra en estabilizar el nivel de azúcar. Los niños son más sensibles a las variaciones de azúcar en la sangre.

Evitar platos ricos en grasas que puedan dificultar la digestión y, en consecuencia, perjudicar la calidad de sueño. Si se es propenso a padecer gases, hay que eliminar los alimentos flatulentos. Tampoco conviene tomar comidas muy condimentadas o con ingredientes que nos puedan causar malestar: cebolla, ajo, puerro, etc.

El alcohol en exceso también es perjudicial.

Para afrontar una buena noche lo ideal es consumir un plato de verdura hervida, un pescado o una carne magra a la plancha o una tortilla. Y de postre, una fruta o un poco de queso fresco o una cuajada con miel.

Siempre hay que cenar

Todo lo anterior no significa que sea apropiado dejar de cenar; pasar muchas horas en ayuno no es bueno para nuestra actividad cerebral, o hacerlo simplemente a base de comer solo fruta o un producto lácteo.

A la hora de cenar, también es conveniente que nuestro organismo reciba su dosis de carbohidratos, proteínas y algo de grasas, como la que nos puede aportar el aceite de oliva.

En personas con estómagos delicados o con tendencia a padecer ardores o reflujos, además de lo dicho anteriormente, a la hora de la cena deben prescindir de los cítricos y de las infusiones con menta y procurar tomar los alimentos hervidos.

La administración del triptófano, al que se le conoce como *hipnótico natural*, produce serotonina. Muchos estudios apoyan la participación de la serotonina en el sueño y durante algún tiempo se usaron complementos alimenticios a base de triptófano, pero debido a que se relacionaron efectos adversos muy graves al consumo de dosis elevadas no se utiliza más.

El triptófano se encuentra en todos los alimentos que contienen proteínas, como las carnes y la soja. Si consumimos alimentos ricos en triptófano y alcanzamos niveles altos antes de dormir, el tiempo que tardaremos en quedarnos dormidos puede disminuir hasta en un 50 %. La serotonina también ayuda a dormir más tiempo y más profundamente.

La combinación ideal para tener un buen sueño es una comida con hidratos de carbono complejos y poca proteína.

RECETAS

PAN ÁRABE RELLENO DE ENSALADA

Ingredientes

1 lechuga italiana.
1 taza de pepinos cortados en cubos.
2 jitomates cortados en cubos.
1/2 taza de cebolla picada finamente.
1/2 taza de perejil picado.

Para el aderezo:

1 cuadro de tofu escurrido.
1 aguacate Hass maduro.
Jugo de un limón.
Unas gotas de salsa Tabasco al gusto.
Salsa de soja al gusto.

Modo de preparar

Moler en la licuadora todos los ingredientes del aderezo, agregar un poco de agua —si es necesario— para obtener la consistencia deseada.

Colocar en un platón la lechuga, mezclar las demás verduras y ponerlos sobre la lechuga. Rocíe el aderezo.

Sirva porciones de la ensalada dentro de pan árabe, calentado y cortado a la mitad.

TOFU CON AVENA

Ingredientes

1/2 taza de agua.
1/2 cucharadita de canela.
1/2 taza de avena.
1/4 cucharadita de sal.
1/3 taza de pasitas.
1/2 taza de leche de soja o leche descremada de vaca.
1 cucharada de miel.
1 cuadro de tofu majado.

Modo de preparar

Poner a hervir el agua con la sal y la canela. Agregar la avena poco a poco y cocinar 15 minutos a fuego lento o hasta que la avena esté suave. Agregar los demás ingredientes y continuar cocinando, moviendo constantemente, hasta que vuelva a hervir. Se puede servir caliente o frío.

TACOS DE TOFU CON VERDURAS

Ingredientes

2 cuadros de tofu.
2 zanahorias ralladas.
2 calabacitas ralladas.
1 cucharadita de ajo picado muy fino.
1 cucharadita de aceite de canola o soja.
1 cucharada de shoyu.

1 cebollita de cambray picada.
Salsa de jitomate picante al gusto.
Tortillas de maíz.

Modo de preparar

Calentar el aceite y saltear las cebollas y ajo hasta que doren. Agregar los demás vegetales y la salsa de soja y cocinar por 3-4 minutos; agregar el tofu y mezclar. Rectificar la sazón.

Calentar las tortillas y rellenar con el tofu. Servir acompañado de salsa picante al gusto.

SÁNDWICH ABIERTO DE MILANESA DE TOFU

Ingredientes

2 cuadros de tofu prensado, cortado a la mitad por lo alto.
Sal, sal de ajo y pimienta.
Harina integral.
1/2 huevo ligeramente batido.
Pan molido.
Aceite vegetal para freír.

Modo de preparar

Poner sal, ajo en polvo y pimienta a las rebanadas de tofu. Espolvorear cada rebanada con harina integral por ambos lados. Bañar enseguida con el huevo batido y empanar. Apretar perfectamente el pan molido.

Freír en aceite muy caliente y voltear cuando el primer lado esté dorado. Dorar el tofu por la otra cara. Escurrir en servilleta absorbente.

SÁNDWICH

Ingredientes

4 rebanadas de pan integral recién tostado.
2 cucharaditas de aceite de oliva.
1 cucharadita (o más, al gusto) de cebolla finamente picada.
4 rebanadas de aguacate Hass maduro.
4 rebanadas de jitomate maduro.
4 hojas de lechuga.

Modo de preparar

Distribuir 1/2 cucharadita de aceite de oliva en cada una de las rebanadas de pan recién tostado.

Colocar una hoja de lechuga sobre cada pan; encima, poner la milanesa de tofu, enseguida una rebanada de jitomate y al final el aguacate. Espolvorear con sal al gusto.

TOSTADAS DE ENSALADA DE ESPINACAS CON TOFU

Ingredientes

Tortillas de maíz tostadas en el horno o comal.
100 g de espinacas.
Sal.

Para la salsa:

1 cuadro de tofu prensado.
2 cucharadas de ajonjolí.
40 g de miso.
2 cucharaditas de mirin (licor de arroz) o jerez.
1 cucharadita de azúcar.
1 pizca de sal.

Modo de preparar

Introducir durante unos segundos las espinacas en agua hirviendo con sal, de modo que queden un poco duras. Ponerlas bajo un chorro de agua fría para que conserven el color y escurrirlas.

Con un tenedor para hacer puré el tofu.

Moler el ajonjolí y añadir el miso, una pizca de sal, el mirin y el azúcar. Mezclar perfectamente. Incorporar el puré de tofu, mezclar hasta obtener una mezcla homogénea.

Picar las espinacas en trozos de cinco centímetros y mezclarla con la salsa; servir sobre las tostadas.

13. LA COMIDA Y EL ESTADO DE ÁNIMO

Estudios realizados en los últimos años han confirmado que existe un vínculo entre comer cierto tipo de alimentos y el hecho de sentirnos mejor, relajados e incluso contentos, con la producción de sustancias a nivel cerebral que determinan nuestro estado de ánimo, nuestro desempeño y nuestro comportamiento.

El estrés y la falta de magnesio guardan una relación tan estrecha que se aconseja a quienes llevan una vida muy ajetreada añadir a su dieta alimentos ricos en magnesio que reduce la ansiedad y mejor el sueño.

Un bajo nivel de cinc es también común en las personas que padecen estrés. Asimismo, otros minerales como calcio, cobre, potasio, cromo, hierro y selenio, permiten al cuerpo satisfacer sus demandas para responder al estrés.

La deficiencia de hierro, cinc, magnesio y manganeso también tiene un papel importante en los estados depresivos.

Las fuentes de estos minerales son las verduras, las leguminosas, nueces, frutas secas, ajonjolí, cereales integrales, huevo.

El tofu es una buena opción para obtener todos estos minerales.

La serotonina, además de regular el sueño como se explicó antes, también nos hace «sentir bien», mejora el humor y controla algunos tipos de depresión. El triptófano, presente en los alimentos con proteínas, es necesario para producir serotonina.

El tofu contiene 16 mg de triptófano por gramo, lo que representa 146 % del nivel óptimo requerido.

El shoyu es una buena fuente de riboflavina, vitamina B_6, magnesio y cobre, pero también lo es de niacina, hierro y fósforo, además de proteínas.

El shoyu original japonés es un producto fermentado de trigo y soja cuyo proceso lleva por lo menos un año para adquirir sus propiedades organolépticas y nutricionales únicas. No hay que confundirlo con la salsa de soja sintética elaborada con sal, colorantes artificiales, caramelo y otros productos sintéticos que no sustituyen al shoyu fermentado y cuyo precio, por lo tanto, es mucho menor.

RECETA

DIP DE NUTELLA

Ingredientes

2 cuadros de tofu escurridos.
6 cucharadas de Nutella.

Modo de preparar

En el procesador de alimentos o licuadora mezclar el tofu con la Nutella hasta homogenizar y acremar. Servir el dip con rebanadas de manzana, plátano o fruta a su elección.

TOFU CON AJONJOLÍ

Ingredientes

6 cuadros de tofu prensado cortado en «fajitas».
1 taza de ajonjolí molido en la licuadora.
2 tazas de harina integral.

Marinada:

1/3 taza de shoyu.
1/4 taza de aceite.

1/4 cucharadita de ajo en polvo.

1/4 cucharadita de jengibre en polvo.

2 cucharaditas de azúcar.

Modo de preparar

Mezclar todos los ingredientes de la marinada y sumergir las «fajitas» de tofu por lo menos durante 4 horas.

Mezclar el ajonjolí con la harina y cubrir con esta cada «fajita».

Dorar las «fajitas» en aceite caliente. Servir calientes con ensalada.

DIP DE TOFU CON ESPINACA

Ingredientes

1 cuadro de tofu.

1 manojo de espinacas picadas grueso.

1/2 diente de ajo finamente picado.

1/4 de cebolla blanca mediana picada muy fino.

2 cucharadas de aceite de oliva.

1 cucharada de jugo de limón.

1 cucharada de shoyu.

2 cucharadas de crema de leche (opcional).

Modo de preparar

Acitronar la cebolla y ajo con una cucharada de aceite. Agregar las espinacas escurridas. Salpimentar y cocinar a fuego medio hasta que las espinacas estén cocidas. Dejar enfriar.

En la licuadora moler el tofu con una cucharada de aceite y una de jugo de limón, la crema, si se utiliza. Mezclar durante un minuto. Agregar las espinacas cocidas y licuar hasta hacer una crema y homogeneizar.

PAN DE TOFU

Ingredientes

4 cuadros de tofu escurrido.
1/3 taza de puré de jitomate.
1/3 taza de shoyu.
2 cucharaditas de mostaza de Dijon.
1/2 taza de perejil picado.
1/4 cucharadita de pimienta negra.
1/2 cebolla blanca mediana picada.
1/4 cucharadita de ajo en polvo.
1/2 taza de queso chihuahua rallado (opcional).
1 taza de hojuelas de avena.

Modo de preparar

Mezclar todos los ingredientes juntos. En un molde para hornear colocar 1/4 de taza de aceite vegetal. Colocar la mezcla encima del aceite y presionar. Hornear aproximadamente una hora. Dejar enfriar por lo menos 15 minutos antes de sacar el pan del molde.

MOUSSE DE TOFU, CIRUELAS Y NUECES

Ingredientes

2 cuadros de tofu.

1/2 taza de leche de soja.

6 ciruelas pasas sin hueso, previamente remojadas en agua.

4 cucharadas de fructuosa.

1 cucharadita de esencia natural de vainilla.

100 g de nueces picadas.

Modo de preparar

Hervir el tofu en la leche durante 3 minutos aproximadamente. Dejar enfriar.

Moler el tofu en la licuadora con las ciruelas ya ablandadas, la fructosa y la esencia de vainilla. Procesar hasta obtener una crema. Agregar las nueces.

Servir porciones y en recipientes individuales. Enfriar durante 3 horas o toda la noche.

14. LA COMIDA Y LA CONVIVENCIA

Se ha definido a la alimentación como el conjunto de procesos biológicos, psicológicos y sociológicos relacionados con la ingestión de alimentos mediante el cual el organismo obtiene del medio los nutrimentos que necesita, así como las satisfacciones intelectuales, emocionales, estéticas y socioculturales que son indispensables para la vida humana plena.

La comida jamás dejará de estar asociada a la celebración y a la convivencia. El arte culinario a veces no se ajusta del todo a los cánones nutricionales; sin embargo, ocasionalmente podemos ceder a los antojos y, siempre y cuando no se haga costumbre, disfrutemos de algún «exceso».

A continuación les presento una serie de recetas para celebrar y compartir, en las que cuando el tofu sustituye a algún alimento menos «sano», indudablemente ganamos en la reducción de calorías.

RECETAS

ENSALADA TAILANDESA CON TOFU

Ingredientes

900 g de «pechugas» de tofu (ver receta abajo).
150 g de tallarines de arroz.
1 pepino pelado y cortado en tiras de aproximadamente 5 cm de largo.
1-2 pimientos rojos sin semillas y cortados en tiras.
1/3 taza de cilantro picado.

«PECHUGAS» DE TOFU
(Marinada para tofu)

Ingredientes

1/2 taza de agua.
1/4 taza de shoyu.
1/2 cucharada de cebolla en polvo.
2 cucharadas de orégano.
6 cuadros de tofu prensado.

Modo de preparar

Preparar la marinada en un recipiente de 1 litro de capacidad.

Cortar el tofu en rebanadas de 1/2 cm aproximadamente y sumergirlo en la salsa desde 3 horas hasta 2 semanas en el refrigerador.

Voltear las rebanadas de tofu y bañarlas con la marinada periódicamente.

Simplemente freír las rebanadas en una sartén antiadherente a fuego medio hasta que estén doradas por ambos lados. Utilizarlas inmediatamente o enfriar y refrigerar. Las rebanadas guardadas en el refrigerador en un recipiente tapado se mantienen bien en el refrigerador durante varios días.

En un recipiente grande, cubrir los tallarines con agua hirviendo y dejarlo durante 3 minutos o hasta que se suavicen, escurrir y enjuagar bien.

Combinar los tallarines con el tofu, pepino, pimientos y cilantro.

Mezclar bien con el siguiente aderezo.

Para el aderezo:

6 cucharadas de salsa de soja.
4 1/2 tazas de jugo lima o limón.
3 cucharadas de azúcar o sustituto de azúcar.
1/2 cucharada de jengibre fresco picado.
1/2 cucharada de chile jalapeño en vinagre.
1 ajo molido.

CHILES EN NOGADA CON RELLENO DE TOFU

Ingredientes

10-12 chiles poblanos grandes.

Para el relleno:

4 cuadros de tofu exprimido.
1 diente de ajo picado muy fino.
1/2 cebolla blanca mediana picada.
1 jitomates saladet medianos picados.
2 cucharadas de aceite de oliva.
2 cucharadas de aceite de soja.
1 cucharada de caldo de pollo en polvo.
1 pera de «agua» madura picada en cuadritos.
3 duraznos amarillos en cuadritos.
1 plátano macho maduro picado en cuadritos.
50 g de acitrón picado en cuadritos.
50 g de pasitas picadas.
50 g de nueces encarceladas o de castilla picadas.
50 g de almendras picadas.
50 g de piñones rosas (opcional).
1 cabeza de clavo de olor, una pizca de canela en
   polvo, pimienta en polvo.

Para capear:

8 huevos a temperatura ambiente separados claras de
   yemas.
1/4 cucharadita de crémor tártaro.
Harina de trigo integral (la necesaria para espolvorear
   los chiles).
Aceite de canola.

Para el adorno:

2 granadas rojas.
1 manojo grande de perejil.

Para la nogada:

1/4 kg nueces de Castilla (o encarceladas), peladas.
100 g de almendras peladas.
1 cuadro de tofu.
1/4 litro de crema agria.
Un poco de agua.
1 cucharada de caldo de pollo en polvo.
Pimienta negra.
Sal.

Modo de preparar

Quemar los chiles a fuego directo y pelarlos con cuidado; hacerles un orificio lateral y sacarles las semillas y «venas». Reservar.

Calentar el aceite, acitronar la cebolla y ajo hasta que la cebolla se haga transparente. Agregar el tofu exprimido, cocinar hasta que el tofu esté dorado y empiece a pegarse en las paredes del recipiente donde se cocina; agregar la salsa de soja, el caldo de pollo en polvo y el jitomate. Cocinar hasta que el jitomate esté sazonado.

Enseguida agregar las frutas y semillas con los condimentos, mezclar perfectamente. Continuar cocinando durante 5 minutos a fuego lento, agregar un poco de agua si hace falta. Dejar de cocinar cuando las frutas estén cocidas y suaves. Dejar enfriar el relleno.

Rellenar cada uno de los chiles teniendo cuidado de cerrarlos bien. Rebozar cada chile en harina. Reservar.

Con la batidora eléctrica batir las claras a alta velocidad y, cuando haga picos, agregar el crémor tártaro y continuar batiendo hasta obtener punto de turrón.

Aparte, batir las yemas para incorporarlas.

Envolver con cuidado las yemas en las claras.

Poner a calentar una sartén con suficiente aceite para freír los chiles. Bañar uno por uno cada chile relleno cubierto con harina en la mezcla de huevo. Poner en la sartén con aceite, dejar que se dore y «rodar» el chile para un capeado uniforme.

Escurrir el chile y colocarlo en servilleta de papel absorbente.

En la licuadora moler todos los ingredientes de la nogada. Vaciarlo en una salsera.

Servir los chiles bañados con nogada y adornados con la granada y perejil picado.

SUFLÉ DE CHOCOLATE AL GRAND MARNIER

Ingredientes

1 taza de chispas de chocolate.
3 cuadros de tofu escurrido.
1/2 taza de cocoa en polvo no endulzada.
3/4 taza de miel.
1 cucharada de Grand Marnier.
1 cucharadita de vainilla.
1/2 taza de leche de soja.
1/2 taza de harina de trigo.
1 cucharada de polvo para hornear.

Modo de preparar

Precalentar el horno a 175 ºC.

Poner a derretir las chispas a baño María. Moviendo constantemente. Poner los demás ingredientes en la licuadora y procesar hasta que esté cremoso. Agregar las chispas derretidas y procesar un poco más.

Colocar la mezcla en un molde para suflé engrasado. Hornear de 40-45 minutos o hasta que el suflé se encuentre listo.

CREPAS SALADAS CON RAJAS DE CHILE POBLANOS

Ingredientes

100 g de tofu «Daizu».
1 huevo.
2 tazas de harina para todo uso.
1 cucharada de perejil finamente picado.
Sal y pimienta al gusto.
50 g de queso manchego picado.
Leche, la necesaria, aproximadamente 1/4 de taza.
Mantequilla o aceite de oliva para engrasar la sartén o comal antiadherente.

Modo de preparar

En la licuadora, moler el tofu con la harina, huevos, la leche, sal y pimienta. Vaciar en un recipiente mediano, mezclar con el perejil. Ajustar la consistencia de la mezcla con leche o harina hasta obtener un atole ligero.

Engrasar con muy poco aceite la sartén o comal y ponerlo a fuego medio. Agregar 2 cucharadas de la pasta y extender lo más delgado posible, voltear una sola vez. No deben quedar doradas.

Enrollar cada crepa apretada y acomodarlas en un refractario. Reservar.

Para el relleno:

1 kilo de chiles poblanos en tiras, sin pelar.
1 kilo de jitomate picado.
1 kilo de cebolla en rebanadas.
1/2 litro de crema.
2 cuadros de tofu.
1/2 taza de agua.

Modo de preparar

En un poco de aceite se fríen las cebollas y los chiles; cuando la cebolla se ponga transparente, agregar el jitomate con una pizca de bicarbonato, poner sal al gusto y mantener a fuego lento hasta que el jitomate se cueza.

Moler en la licuadora el tofu con el agua y la crema. Agregar esta mezcla a los chiles. Cuando todo hierba, bañar las crepas y servir.

FLAN NAPOLITANO CON TOFU

Ingredientes

4 cucharadas de azúcar para el caramelo.
2 cuadros de tofu.

4 huevos.
1 taza de leche condensada.
1 taza de leche evaporada.
1 cucharadita de vainilla.

Modo de preparar

Colocar el azúcar en el molde para flan y calentar a fuego directo hasta caramelizar al gusto.

Aparte, mezclar en la licuadora el tofu con los huevos, leche condensada, leche evaporada y vainilla. Agregar la mezcla al molde, cubrir con papel aluminio y la tapa del molde. Cocinar 30 minutos en olla exprés.

Dejar la olla enfriar sin abrir. Destapar la olla cuando no haya vapor. Desmoldar el flan. Servir bien frío. Decorar con rebanadas de frutas frescas o en almíbar.

Se pueden agregar nueces o almendras picadas en la mezcla de leche y tofu antes de cocinar.

PASTEL DE LIMÓN Y TOFU

Ingredientes

Para la costra:

2 tazas de galletas María molidas.
1/4 taza de miel de maple.
1/4 cucharada de extracto de almendras.

Modo de preparar

Precalentar el horno a 350 ºC. Mezclar en un recipiente mediano los ingredientes. Vaciar la mezcla en un molde para pie, presionando y cubriendo el fondo y las orillas. Hornear durante 5 minutos, dejar enfriar. Mientras tanto, preparar el relleno.

Para el relleno:

3 cuadros de tofu.
2/3 taza de azúcar.
1 cucharada de crema de almendras o de ajonjolí.
1/2 cucharadita de sal.
1 cucharadita de ralladura de limón.
1/2 cucharadita de extracto de almendra.
1 cucharada de fécula de maíz (maicena), disuelta en 2 cucharadas de leche en soja o agua.

Modo de preparar

Licuar todos los ingredientes del relleno durante 1 minuto. Colocar la mezcla sobre la costra horneada y fría. Hornear de 30 a 40 minutos, o hasta que la parte superior esté ligeramente dorada. Enfriar y refrigerar por lo menos 2 horas o toda la noche.

Variantes léxicas mexicanas

Aceite de canola-Aceite de colza.
Aceite en *spray*-Aceite de bajas calorías en aerosol.
Acitronar-Rehogar.
Adobo-Mole de picor que acompaña gran cantidad de guisos.
Aguacate Hass-Una de las variedades de aguacate más cultivadas en América, entre ellas están: Hass, Wurtz, Choquette, Booth 8, Fuerte, Andit, Reed y Pinkerton.
Ajonjolí-Sésamo.

Bisteces-Filetes.
Botana-Aperitivo.
Brócoli-Brécol.

Calabacitas-Calabacines.
Catsup-Ketchup.
Cebollita de Cambray-Cebolletas.
Charola-Bandeja.
Chícharos-Guisantes.
Chicoria-Achicoria.
Chile de árbol-Variedad de chile mexicano de excesivo picor.
Chile chipotle-Variedad de chile de color rojo cuyo picor fluctúa entre medio y muy picante.
Chile jalapeño-Variedad de chile mexicano, de gran picor, por lo general de color verde.
Chile verde serrano-Variedad de chile mexicano usado para guisos y salsas, de gran picor.
Chiles poblanos-Variedad de chiles mexicanos de picor medio.
Coladera-Colador.
Colecitas de Bruselas-Variedad de la col.
Comal-Disco de metal que se utiliza para hacer tortillas o calentarlas.
Conchas y Coditos-Formas con las que es presentada la pasta, la primera nos remite a la fígura de una caracola marítima y la segundo forma un semicírculo.
Cortar en fajitas-Cortar en tiras.
Cortar en rajas-Cortar en tiras.

Dip-Aderezo.

Dona-Donut.

Duraznos-Melocotones.

El sartén-La sartén.

Elote-Mazorca.

Epasote-Hierba comestible usada para condimentos, de hojas verde oscuro lanceoladas y dentadas.

Frijoles-Judías pintas negras.

Granola-Muesli.

Grenetina-Polvo para cuajar líquidos (gelatina).

Guanabana-Fruto tropical parecido a la granada.

Hot cakes-Tortitas.

Jícama-Tubérculo parecido al nabo, aunque más grande, duro y quebradizo, blanco y jugoso.

Jitomates-Tomates.

Jitomates Saladet-Tomates para ensalada.

Jitomates Cherry-Tomates pequeños.

Jugos-Zumos.

Latita de elote-Lata de maíz.

Lechuga orejona-Lechuga con hojas alargadas.

Light-Bajo en calorías.

Limón-Lima.

Miel maple-Miel estilo americano de sabor más dulce que la miel común.

Milanesa-Filete empanado.

Molde de pie-Molde de tarta.

Mole-Caldo espeso del guiso con cierto picor a base de varios chiles.

Nogada-Mezcla dulce y agria que se pone dentro de los chiles. Plato típico de la región centro de México.

Nopal-Planta de la familia de las cactáceas, con tallos aplastados y carnosos que se comen.

Nutella-Nocilla.

Nutrimentos-Nutrientes.

Nutriólogo-Nutricionista.

Papas-Patatas.

Pasitas-Uvas pasas.

Pepita de calabaza-Semillas de calabaza.

Pie-Tarta.

Plátano Tabasco-Variedad de plátano mexicano / plátano grande.

Platillo-plato.

Queso Chihuahua-Variedad de queso mexicano parecido al Havarti.

Queso Cottage-Parecido al queso de Burgos / queso bajo en grasa.

Rajas-Chile poblano en tiras.

Rebanaditas-Rodajas.

Refrigerador-Frigorífico.

Salchichonería-Charcutería.

Tomate verde-Fruto de planta herbácea americana, verdosos cuando está maduro y cubierto de una envoltura muy delgada como de papel.

Totopos-Nachos.

Trastes-platos.